伟大的思想

GREAT IDEAS

WHY I AM SO WISE

天才，舍我其谁

[德] 弗里德里希·尼采 著

阎沛衡 译

中国出版集团
中译出版社

图书在版编目（CIP）数据

天才，舍我其谁 / (德) 弗里德里希·尼采著；阎沛衡译. 一 北京：中译出版社，2019.10（2020.1 重印）
（伟大的思想）
ISBN 978-7-5001-6041-0

Ⅰ. ①天… Ⅱ. ①弗… ②阎… Ⅲ. ①尼采 (Nietzsche, Friedrich Wilhelm 1844-1900) 一哲学思想 Ⅳ. ① B516.47

中国版本图书馆 CIP 数据核字（2019）第 199624 号

（著作权合同登记：图字 01-2019-5477 号）

www.penguin.com
Götzen-Dämmerung first published 1889
This translation first published in Penguin Classics 1968
Ecce Homo first published 1908
This translation first published in Penguin Classics 1979
This edition published in Penguin Books 2004

Taken from the Penguin Classics edition of *Ecce Homo* and *Twilight of the Idols/The Anti-Christ*, translated by R.J.Hollingdale
Set in Monotype Dante
Typeset by Rowland Phototypesetting Ltd, Bury St Edmunds, Suffolk

天才，舍我其谁

著　　者：(德) 弗里德里希·尼采
译　　者：阎沛衡
总 策 划：张高里
特约编辑：白　姗　赵　轩　　责任编辑：刘香玲　王　梦
版式设计：索　迪　　排　　版：北京竹页文化传媒有限公司
印　　刷：北京顶佳世纪印刷有限公司
经　　销：新华书店

出版发行：中译出版社
地　　址：北京市西城区车公庄大街甲 4 号物华大厦六层　100044
电　　话：(010)68359376,68359827（发行部）68359719（编辑部）
传　　真：(010)68357870
电子邮箱：book@ctph.com.cn
网　　址：http://www.ctph.com.cn

开　　本：760mm×950mm　1/32　　印　　张：4.375　　字　　数：72 千字
版　　次：2019 年 10 月第 1 版　　印　　次：2020 年 1 月第 2 次
书　　号：ISBN 978-7-5001-6041-0　　定　　价：216.00 元（全 8 册）

“伟大的思想”中文版序

企鹅“伟大的思想”系列丛书自2004年开始陆续面世，在英国、美国和德国均有出版。在英国出版品种最多，已付梓八十种，尚有二十种计划出版。该丛书在全球众多读者间，尤其是学生当中，普及了哲学和政治学，销量已远超二百万册。中文版“伟大的思想”的推出，是该系列的又一延续和发展，令人欢欣鼓舞。

推出这套丛书旨在让读者再次与一些伟大的非小说类经典著作面对面地交流。长久以来，此类书籍的出版都建立在这样一个假设之上——此类著作供学生课堂学习之用，因此需辅以导读、详尽的注释及参考书目等。此类版本无疑十分有用，但我想，如果某一版本能够重建托马斯·潘恩的《常识》或约翰·罗斯金的《艺术与人生》初版时的环境，为读者与作者营造更为亲密无间的氛围，使读者除了原作者及其自身的思考外没有其他参照，也许会更有吸引力。

但是，这一做法亦存在严重缺陷：每位作者的表述难免有难解或不可解之处，一些重要的背景知识或许也有所缺失。例如，读者对亨利·梭罗创作时的情形毫无头绪，也不了解该书的反响及影响。不过，这样做的优点也显而易见，最为显著的便是作者的初衷又一次受到重视——托马斯·潘恩的愤怒、查尔斯·达尔文的灵光、塞内加的隐逸。他们给许多国家的众多读者带来的生活影响难以估量，有的影响甚至长达几个世纪，几乎没有什么比阅读这些作家更令人拍案叫绝的了。倘若没有亚当·斯密或阿图尔·叔本华，将无法想象我们今天的世界。这些小书创作年代久远，但其中的话语彻底改变了我们的政治学、经济学、精神世界、社会规划和宗教信仰。

“伟大的思想”系列一直求新求变，地域不同，收录的作家亦不同。一些作家在中国或美国更受欢迎，而英国版“伟大的思想”收录的一些作家在其他国家和地区则鲜有人知。称其为“伟大的思想”，我们亦是慎之又慎。这些思想之所以伟大，在于其影响深远，但这并不意味着这些思想都是“好”思想，实际上一些书或可列入“坏”思想之列。丛书中收录的很多作家受到同样收录于该丛书的其他作家的巨大影响，例如，马塞尔·普鲁斯特承认受约翰·罗斯金影响很大，米歇尔·德·蒙田也承认深受塞内加影响。但也有些作家彼此憎恶，若发现彼此都被收录于同一丛书，一定会深感苦恼。至于他们思想的或“好”或“坏”，读者可自行判明。我们衷心希望，您可以享受阅读这些著作的乐趣。

“伟大的思想”出版者

西蒙·温德尔

目录

导读

弗里德里希·尼采（Friedrich Nietzsche，1844—1900），德国著名的哲学家与语文学家，也是哲学史上最具争议的传奇人物之一。尼采生于普鲁士的一个牧师家庭，父亲在他五岁时就早早去世，因此尼采成长于一个几乎充满女性的环境中；不过颇为反常的却是，尼采终其一生都十分崇尚力量与阳刚。十分聪慧的少年尼采痴迷于神学与宗教，并立志成为一名像父亲那样的牧师，因此进入伯恩大学修习神学与语文学。不过在一段时间之后，尼采反而开始对基督教产生厌恶的情绪，而这种情绪也贯穿了他的一生，这极有可能是源于他大学时的一些阅读以及家庭变故。放弃神学的尼采转而投入了哲学的怀抱，而叔本华则是此时对尼采影响最大的哲学家。

1869 年大学毕业之后，尼采在教授的帮助与推荐之下，以本科的学历便取得了巴塞尔大学古典哲学教授的职位。刚刚搬到巴塞尔的尼采便宣布永久放弃普鲁士公民权，不过在 1870 年，尼采还是以军医的身份加入了普鲁士军队，短暂见证了普法战争的残酷，这段经历也被认为是影响了他的性格。1872 年，尼采出版了首部作品《悲剧的诞生》，这是一部关于美学的著作，探讨悲剧的起源，不过他在书中表现出的对于语文学的抛弃，却让他受到了学界同行们空前的孤立。而 1878 年的《人性的，太人性的》一书，则又宣告尼采正式抛弃了他曾经十分欣赏的叔本华的哲学思想。此时期的尼采，身体健康每况愈下，终于不得不于 1879 年辞去了教授之职，并开始四处寻找适宜居住的定居地，他遍游欧洲、不断搬迁，直到 1889 年在意大利发疯住院为止。

在这漂泊的十年间，尼采虽然健康状况不佳，不过始终保持着旺盛的创作精力，佳作不断，相继出版了《快乐的科学》《扎拉图斯拉的独白》《善恶的彼岸》《道德谱系学》《瓦格纳事件》《偶像的黄昏》《反基督》《瞧，这个人》与《尼采反对瓦格纳》，以及大量并未出版的笔记（他去世后被集结成《权力意志》一书）。终于，在学界极力排斥、健康长期不佳、居所漂泊不定、内心极度失调等多重因素的共同冲击下，尼采在 1889 年完全失控发疯了；直到 1900 年，尼采终于走完了他动荡不堪的一生。

“伟大的思想”系列编选《天才，舍我其谁》一书，节选尼采的两部作品《瞧，这个人》与《偶像的黄昏》中的相关章节。

《瞧，这个人》，另有副标题为“人如何成其所是”，是尼采创作的形式独特的自传，也是他发疯之前的最后一部作品，书名与各节标题中的“自大”情绪很可能表现出了他已然十分不稳定的精神状况。他在书中回顾了自己哲学思想的变化历程，其中绝大多数章节以回顾其往昔作品为题，不过本书则节选了另外的五章，即“序言”“天才，舍我其谁“机灵，岂但如此”“佳作，何以迭出”与“天运，我自晓得”。这部自传是一本体现了无限哲学智慧的书籍，当我们跳脱开尼采文字流露的那种病态的自信之后，我们会发现，他只是在向读者陈述一个哲学命题——“尼采是如何成为尼采的”。

尼采在 1886 年就开始筹备《权力意志》一书，

不过最终放弃了写作计划，反而将未完成的文稿编辑成了《反基督》与《偶像的黄昏》两部书。《偶像的黄昏》原本定名为《一个心理学家的闲逛》，另有副标题为“或怎样用锤子从事哲学”。尼采在这部篇幅不大的书中，以格言式的精炼语言，集中地抨击了一位位传统意义上的文化“偶像”们。尼采把自己比作“锤子”，去全力击碎这些旧秩序的形象，去重估一切价值，才能解放人类的自由意志。本书节选“箴言，足以抒怀”“ 贻误，独有四遭”与“铁锤，为我代言”三节。

尼采，无疑是整个人类历史上最为自大，也因此而最具个人魅力、最具争议的人物之一，他也无愧于那自封的“天才”之名！尼采是最坚定的、最极端的唯意志论者，他反对任何形式的理性主义、反对基督教、反对传统价值、反对传统道德，也进而创造了“权力意志”的“超人”理论。尼采的文字中时刻杂糅着自大、阳刚、坚强、批判、孤独的情绪，而读者也往往很容易被尼采的这种病态情绪所诱导，而忽略了其中的哲学思维。希望读者可以在充分理解尼采一生经历的前提下，静心品读这部节选作品，一窥那真正伟大的思想。

柴尔

瞧，这个人

——人如何成其所是

➳ 序 言

I

深知，为人类之前途提出一个最高目标，是一件以往从未有过的事情，也是一件刻不容缓的事情。于是，诠释鄙人，为“何许人也”便是一件义不容辞的事情了。

其实，这本应是一个不言自明的道理，因为鄙人早已用赤裸裸的事实，回答了这个“何许人也”的问题。然而，问题在于：鄙人所负责任之重大同所处同辈之渺小，相去甚远，令人见所未见，闻所未闻。我活着，乃是靠我的信誉——或许，仅仅是因为某种“偏执”的原因，我——还活着……或许，只需要向夏日里专程赴上恩加丁河谷的任何一位所谓“文化人士”之规劝妥协一下，承认鄙人已经故去便是了……于是，我这里便有了一种叛逆的义务——表现出某种违背自我意愿乃至天性的傲慢，并且就此宣布：听好！尼采便是尼采，最重要的是，不得与他人同日而语。

Ⅱ

不过，尼采绝非凶神恶煞之鬼，亦非道德败坏之人——相反，他天生就是一个无神论者，并且始终都以善行为荣。在同辈之间，似乎对我来说，是值得自豪的一点。我，是哲学家狄俄尼索斯的信徒。所以，我宁做好色之徒，不为圣之仁人。但，你一定得读读这本论著——或许我已经幽默地、平易地表达出了这一对立；或许，你会因此而折服；或许，舍此别无选择。我最不愿意承诺的可能就是“改造”人类了。并未树立新的偶像——只是让陈腐的偶像懂得泥塑的双腿意味着什么罢了。摒弃陈腐的偶像（并以此替代“理想”一词）——这，便是鄙人所事之事。我深知：在人们塑造一个理想世界的同时，现实世界已经从某种程度上失去了它原有的价值和本来的意义，因而便丧失了其真实性。其实，所谓“理念世界”和“表象世界”的区别，简言之，便是“人为世界”和“真实世界”之区别而已……足见，理念世界的谎言，始终都是对真实世界的诅咒——在这种谎言的包围中，人类自身的灵魂深处发生了扭曲。于是，他们的价值观被颠倒了——他们顶礼膜拜，提升未来，以为只有这样，才足以保证社会的繁荣、未来的美好——这，便是他们的权力。

Ⅲ

一个懂得从鄙人著述中汲取营养的人，便知道那是一种顶级的营养，一种健康的营养。人，生来就需要这种营养，否则就会伤风感冒——因此，他绝无必要去冒这个风险。冰冷世界并不遥远，与世隔绝危险重重——但是，阳光下的万物却是平和幸福的！因为在这里，人可以自由地呼吸！也不会有社会地位参差不齐的感受！您可知道，这意味着什么？按照鄙人的理解和诠释，哲学，乃是一种甘愿在冰雪和大山中度过的生活，乃是一种对生活中一切未知和疑惑的追问——一种对一切及伦理学道德说教所排斥的理念的追寻。正是从这种对禁锢的惊诧中得来的长期经验，使我学会了寻找“道德”与“理想”之源的方法，并由此发现“道德”与“理想”同人们的期望相去甚远：哲学家们不为人所知的阅历，乃至他们伟大姓名背后的心路历程，在鄙人面前一览无遗。一种精神能够承载多少真理？一种精神又敢于承载多少真理？这就逐渐成为我测量真理“价值”的尺度。相信理想，是错误——虽不是盲目的，但却是懦弱的……每一点知识的获得，每一次知识的进步，都是勇敢的结果，自我严苛的结果，自我净化的结果……我并不排斥什么“理想”，只想增强一下“理想”之免疫力罢了……“人们在禁锢中挣扎”[1]（奥维德语）——这便预示着，鄙人的哲学总有一天会获得成功，因为在真理面前，一切被理想主义原则所禁锢的东西都算不得什么。

1. 此为原文注释，英文原文是“We strive after the forbidden”(Ovid)。

IV

在鄙人所有著述中，《扎拉图斯拉的独白》[1]堪称一枝独秀之作，是鄙人馈赠人类最富意义的礼物——因为人类从未接受过这样一个礼物：她，不仅是现存书籍中最令人亢奋的著述，有极好的营养；她，用穿越千年之声宣告，用全部的事实证明：人类脚下还有一段漫长的路途要走，而且，值得称道的是，从其问世的那一天起，便以其真理的含量无穷而著称；她，像一口取之不尽用之不竭的水井，只要你将手中的吊桶放下去，便不愁没有金银财宝捞上来。这里，既不需要先知们的预见，也不需要宗教领袖们的提示，只要有病魔的"协助"和冲创意志[2]的提升

---

1. *Zarathustra* 原译：《扎拉图斯拉如是说》，见陈鼓应著《尼采新论》之"尼采年谱"（世纪出版集团 & 上海人民出版社，2006 年第一版，第 156—122 页）；其他相关译著也多依这个译法，比如杨恒达等译《尼采生存哲学》（九州出版社，2003 年第一版，第 268 页）。另外，"扎拉图斯拉"尚有其他译法，如"查拉图斯特拉""查拉图斯拉"等，这里采用了《辞海》（上海辞书出版社，1979 年第一版，第 2246 页）的说法。——译者注
2. "will to power"是尼采哲学中的重要概念，原译为"权力意志"，陈鼓应先生以为不妥，因为在《扎拉图斯拉的独白》中，这种意志，乃是一种"创造生命的意志"，见陈鼓应著《尼采新论》之"序一：生命

便足够了。最重要的是，人们务必听清楚从扎拉图斯拉口中传来的声音，只要你不至于曲解它智慧的意味，她——简直就像一只“翠鸟”发出的乐音。“只有来自鸽子脚尖的、最平静的语言，才足以激起最激烈的暴风雨和最深刻的思考，从而为世界导航。”

树上掉落的无花果最香甜，因为果实红色的皮被擦破了。我愿做一缕清凉的北风，催熟那香甜的无花果。

此时此刻，这里的劝导是否像香甜的无花果一般掉落在您的身边？朋友，请吮吸它醉人的果汁，品尝它香甜的果实！秋天来了——秋高气爽，正是午后之天啊！

这里，没有盲目热衷的必要；这里，没有布道说教的场地；这里，没有信徒虔诚的戒律：无限充裕的阳光和无比深厚的幸福，一滴滴、一句句洒向人间——柔情而缓慢的步伐，恰似这轻盈话语的节奏。这些，都是精心挑选的结果。在这里，做一个静心的

（接上页）的驱动力——‘冲创意志’的理解”（世纪出版集团 & 上海人民出版社，2006 年第一版，第 1—2 页），与权力并无牵连；现依陈说，译为“冲创意志”。另外，周国平先生则将其译为“强力意志”，亦无不妥，见周国平著《尼采：在世纪的转折点上》（世纪出版集团 & 上海人民出版社，1986 年第一版，第 87 页）；刘娟译《尼采传》（贵州人民出版社，2004 年第一版）中也采用了“强力意志”的译法，见该书“目录”。——译者注

倾听者，那是一种无上的权益。没有人不可以自由地倾听扎拉图斯拉的独白……除非，扎拉图斯拉的独白丧失了他诱人的魅力！然而，一旦他再度回归独处的时候，他——又会说些什么呢？毫无疑问，即便在这种情况下，同任何“先哲”“圣人”“救世主”以及其他“颓废者”相反，他的话语是与众不同的，因为他——是与众不同的……

我，要独自离开了，我的拥护者们！你们，也各自离开吧——好让我心安理得。

离开我吧，不要接受扎拉图斯拉的诱惑！最好是，以其为耻！或许，他已然骗过了你们。

须知——唯有高明之士，必能取敌之长而避友之短也。

如果，一个学生总也无所进取，他又怎么能够回报恩师呢？如此，何不趁早摘掉这顶桂冠？

你，尊重我。但是，有一天，你的尊重失去意义了，怎么办？切记，一尊眼看就要倒塌的塑像，是不会对人产生死亡的威胁！

你说，你笃信扎拉图斯拉？那么，扎拉图斯拉的价值何在？你，是我的信徒，那么信徒的价值又何在呢？

你，找到了我，却迷失了自我。所有的信徒都别无二致，所有的信仰都一文不值。

于是，我求你，放开我，去寻找自我。当所有人都背叛我的那一刻，“余，乃可回归于汝”。

弗里德里希·尼采

当这一天到来的时候，一切都是那么美好——葡萄串露出了棕色的脸蛋儿，生活中充满了阳光的气息，左看看，右瞧瞧，从未见过这么多美好的事物一起涌现。我，绝没有埋葬过去的四十四个春秋。然而，这却是一件出乎意料的事情，当生命的冲动被唤醒时，生命的力量便会焕发出不朽的光芒。第一部《重估一切价值》《扎拉图斯拉的独白》《偶像的黄昏》——所有这些，都是献给这一年，甚至是这一年里最后一个季度的礼物！所图之事，不过借“铁锤”之力，敲醒沉睡之众而已。于是，一旦有感于生命的垂青，必然悦自我以生命的成功。

↣ 天才，舍我其谁

I

我存在于世的这份幸运，它的独特之处或许在于它的死亡。用一个谜语来表述，那便是：如果我是我的父亲，我已经死去；如果我是我的母亲，则我依然活着，且已老迈年高。生与死，乃是生命的两极，分布在生命云梯的两端，一端最高，一端最低；一端已然颓废，一端还在延伸。如果还有什么中庸的方式可以借用，或者在生命的终极问题上仍有选择的余地，我会说：正是这个中庸、这个余地成就了鄙人，将我同其他所有人区别开来。对于生命的上升与衰落，我比常人更加敏感。我深谙于此，因为二者我都了解，也是它们造就了我。

我的父亲谢世之际，不过三十六岁而已。他纤细羸弱、讨人喜欢、疾病缠身，似乎注定成为这个世界的匆匆过客——与其说那是生命，不如说那只是对生命友善的提示罢了。也是在我三十六岁的那一年——就是父亲谢世的年龄，我跌落到了人生的最低谷，但我依然活着，只是连离我三步之遥的地方都看不清。那是在 1879 年，我辞去了巴塞尔大学的教授职务，在圣莫里茨度过了那一年的夏天，又在瑙姆堡度过了随后的冬天，那是我人生中最灰暗的时光，过着幽灵一般的生活，《彷徨者和他的独居生活》[1] 便是这一时期的著述。毋庸置疑，在那些日子里我饱尝了独居的滋味……

第二年冬天，是我在意大利热那亚度过的第一个冬天 ——温和而甜蜜，超凡而脱俗。其实，这一切都是我撰写《黎明》所付出的心血带来的必然结果。《黎明》的问世，带给我光明和兴奋，甚至带给我生机勃勃的精神力量。在我看来，这一切恰恰是生理上

---

1. *The Wanderer and His Shadow* 是尼采三十六岁时的著述，原译《漂流者与其影子》，见张秀章等选编《尼采箴言录》(吉林人民出版社，2003 年第一版，第 202 页)；另有《漫游者及其影子》的译法，见陈鼓应著《尼采新论》之“尼采年谱”(世纪出版集团 & 上海人民出版社，2006 年第一版)。——译者注

的极度亏欠，乃至精神上的无限痛楚所换来的补偿。在经历那些痛苦的过程中，我遭受了连续三天三夜的头痛，同时遭遇了难以忍受的痰喘折磨。然而，这一时期，我却多有超常的辩证能力，处理问题坚决果断，毫不迟疑。相反，在我健康状况稍好的时候，我却不够野心勃勃，不够缜密，不够客观。或许，只有我的那些读者们才知道我是如何将辩证法视为颓废的征兆，最有说服力的情形莫过于对待苏格拉底的那个例子了。至于，那些原本影响智力的病魔，乃至由发烧引起的半昏迷状态，为什么足以引起我思维的神奇变化——所有这些，对我来说至今仍然是个“谜”。为了弄清那些病魔的性质及其发生的规律，我首度求诸于学究的方法。

我的心脏，总是跳动得很慢。因而从来没有医生诊断出我发高烧的病症来。有位大夫，甚至一度将我当作精神病人来对待，可临了，他却说：“不！不是你的精神出了问题，而是我的神经出了差错！”其实，身体局部的任何病变都可能失去其症状的。比如，过度疲劳，就会引起消化功能的极度衰退，从而引起胃部的病变，但是却不至于会有什么生理器官表现出胃病的症状来。有时，眼睛的症状会严重到接近失明的地步，但是这不过是病变的过程而已，并非病变的原因所在。因此，一旦其他生命指数得以提高，视力就会随之恢复。

对我而言，康复过程简直像一条经久不断的锁链一样，其中很不幸地伴随着旧病复发和病情恶化，这是一段很颓废的时期。至此，我所亲身遭遇的颓废情节，还需要更多的补充吗？我以为，我已经彻彻底底地交代清楚了。而且，可以毫不夸张地说，从整体把握事物的微妙技术到通过直觉发现细微差别的能力，从“明察秋毫”的心理战术到所有决定我性格特质的生理规律，都是我在这一时期里学来的。换言之，正是在这一时期，我的一切——观察能力及其感觉系统，都变得更加敏感、精微和周到。所有这些，都是这一特殊时期所赋予我的特异禀赋。如果从病理学的视角上考察这些相对健康的价值和观念，同时又从相反的视角上将充裕而有保障的富人生活看作是人类本能颓废的秘密所在，那么，这些就是我着力最多的地方，也是我阅历独到的特殊领域。在这个特殊的领域中，我是大师。我现在已经具备扭转观点的知识和技巧，这也是我认为于我而言“重估价值”或许完全可行的原因之一。

Ⅱ

暂不论我颓废的一面，我也有积极的一面。对此，别的不说，这里的证据是，在同病魔抗争时，我总会本能地选择对自己有益的方式，而在同样的情况下，对于颓废者来说，他们总会选择对自己有害的方式。总体而言，我是健康的；局部而论，我又是虚弱的。从自己习惯的生活环境中绝对地脱离出来，并且坚持不再接受照顾、伺候和家庭医生的护理——这样就脱离了对本能的无条件依赖，从而懂得了什么才是当时最需要的。由于对自身了如指掌，即便在颓废之际，我也能够让自己健康起来。做到这一点的先决条件——任何生理学家都不会排斥的——便是你的身体基本上是健康的。一个通常多病的身体是健康不起来的，自然也就难以再使自己健康起来了；相反，对于一个通常健康的身体，生病反而会成为他生命的兴奋剂，使其生命力更加旺盛。事实上，我那一段长时期的病情，对自己的健康来说似乎正是如此：我发现自己的生活新鲜了许多，甚至连自身的状态也改变了许多。我用他人难得的方式品味着生活中所有美好的事物乃至无足轻重的小事，凭借的无非是向往健康的意愿，无非是憧憬生命的意志——一言以蔽之，无非是我生命哲学的力量。

值得注意的是，正是在那些生命处于最低潮的岁月里，我摒弃了悲观厌世的情绪，才没有沿着这个路子滑下去。对我而言，正是自我恢复的本能使我的生活信念免于向贫乏而悲观的方向滑落……那么，一个人成功的秘诀是什么？一个成功人士给我们的感觉是舒服的——他，好似一块神奇的木材，整体雕琢而成，看上去坚硬、雅致、香气扑鼻；他，只品读对身心有益的事物。一旦什么地方对身心的益处超越了限度，他的喜悦和兴趣便会停止；总为治病疗伤而预言，常化恶遇劣境为契机——只要不被恶劣的境遇所击溃，他便会十足地坚强。在所见、所闻和所历中，他本能地汇集了如下的结论：他有自己取舍的原则，他能抵御许多事物。无论是在阅览书籍，还是在游历盛景，或者在审度人群，他永远与己为伴。凡是他选择的、承认的和信任的，他都予以尊重。

对外界刺激的反应，他总是迟钝的。正是这种反应的迟钝，造成了他性格上的过于谨慎和妄自尊大——当刺激向他袭来时，他总是先要间接地试探，从来不会迎上去直接面对。他从不相信“厄运”和“罪孽”；相反，他懂得如何忘却那些负面的东西。然而，只要是对他发展有益的事物，他总会毫不迟疑地勇敢面对。足见，他绝非什么颓废之人；相反，他总是站在颓废的对立面——好吧，我是与颓废相对立的人：因为我描述的正是本人。

Ⅲ

我以为，能有这样一位父亲，乃是我得天独厚的特权:父亲在奥登堡宅邸生活了几年之后，做了牧师，那是在他生命中最后几年里的事情。听他布道的农民们说，天使应该就是父亲那个样子。由此，我便开始了种族问题的探究。原来，鄙人乃是波兰的贵族出身，且没有半点的混血成分，压根儿就不是什么德意志人。而当我寻找与我完全对立的东西，那些数不尽的卑劣天性时，我总可以在母亲和妹妹身上找到。和她们有血缘关系，这一点对我圣洁的血统简直是一种亵渎。时至今日，我想起母亲和姐姐是如何待我时，心中仍然充满了说不出的恐惧。在我身体最脆弱、最需要静养的时候，总觉得什么地方就好像偏偏安放了一台魔鬼般的机器准确无误地工作着。每每在这样的场合，我总得使出全身的力气，就像抵御毒蛇的侵入一般……或许，这种高度失衡的不和谐现象得从生理学的视角上去介入，才可能解释得清楚……不过，我对“永久轮回”的深恶痛绝，是我打从地狱中走过之后才得来的真实感觉，不过，这些全都是拜母亲和姐姐所赐了。然而，即使作为一个波兰人，我的出生也是一个异乎寻常的返祖现象。不过，要弄清这个地球上曾经有过的、顶级高贵的种族的原始天性，何以达到我所描述的人一般的巅峰水准，或许人们还得追溯到几个世纪以前才能实现。

同当下一切贵族阶层的观念背道而驰，鄙人总有一个感觉，这个感觉至高无上而又与众不同——当今年轻的德意志皇帝，连做鄙人的马车夫都是一种“荣誉”，还得看鄙人愿不愿授予他呢。不过，也有一个例外，我会感激我的同仁——我深怀感恩之心，也深谙此间之理。瓦格纳夫人科茜玛，无疑是出身最高贵的人。于是，我不能不多说几句了，理查德·瓦格纳绝对是同我关系最密切的人，没有人可以跟他相提并论。在一个不可超越的意义上，一切流行的亲疏远近理念，在生理学上都是无稽之谈。可谁知道，罗马教皇如今仍然在经营这种子虚乌有的理念。人类是同父母关系最为疏远的动物，于是，认为同父母关系接近的观念，便沦为了最极端、最庸俗的表现。越是高级的种族，越是需要追溯其起源，这样她便会集合更多的优点，保留更好的传统，储备更大的能量。最伟大的群体是最古老的种族，虽然我并不完全知晓，但是古罗马尤利乌斯·恺撒，或许就是鄙人的祖先，或许，马其顿亚历山大（大帝），那个狄俄尼索斯酒神的化身，也跟我有关……不信你瞧——就在我写作的时候，邮递员给我送来了一封印有狄俄尼索斯头像的信件。

IV

给自己树敌，这种玩意儿，鄙人从来不懂——即便在非常必要的情况下，鄙人也不会为自己树敌的。毫无疑问，这一点也得归功于我的父亲。虽然我看上去不大像基督的信徒，但是鄙人怎么也不会干出伤害自己的事情。人们可以任意设想鄙人的生活，但却很难（其实，只有一次）发现什么人对鄙人抱有恶意。不仅如此，或许人们还会表现出良多的善意呢……甚至，根据鄙人的经验，每一个人都会毫无例外地有过为个人利益辩护的经历。鄙人能够驯服每一只狗熊，甚至还能让小丑们检点自己的行为。在巴塞尔文法学校任教的七年里，鄙人教授过（古）希腊语中最难理解的语法现象。即便如此，鄙人也从未惩罚过那里的学生。只要在我班里学习过的学生，再懒的也能勤奋起来。平日里，总得经常处理一些意料之外的事情——如果只顾教书而不闻窗外之事，那么面对突如其来的事情，常常会令人措手不及。乐器毕竟是乐器，如果跑了调子，那一定是演奏乐器的人跑了调。如此，我真的该生一场病，便可避免跑调的问题，自然也省得那声音不堪入耳了。我常常听到“乐器们”抱怨，说什么从来没有哪个器乐师能从它们身上弹出过最美妙的音乐来……要说最好的器乐师，那非海因里希·冯·斯坦因莫属了，遗憾的是，他英年早逝。海因里希·冯·斯坦因，曾难得获此允准，在锡尔斯-玛利亚逗留过三天——他自称，并非为上恩加丁河谷而来。就在那短短的三天里，这位难得的高人，以他普鲁士容克贵族的全部冲动和毫无掩饰的激情，深深地走进了瓦格纳风格的神秘世界，涉入了杜林音乐的精神天地而情不自拔，恰似凭借着狂风一般的威力，其乐音的余韵在天空中自由地翱翔，他本人也如虎添翼，一瞬间便飞黄腾达。不过，鄙人还得不断地提醒他，这只是清爽空气的微妙功效，谁都会有同样的感觉，你不能高居于拜罗伊特六千英尺以外的天空而无视这个事实。然而，他偏偏就不信这个“邪”……如此也罢，因为我知道：即便大大小小的不端行为全都冲我而来，那也不是故意而来，至少不是恶意所致。相反，值得我抱怨的倒是许许多多的“善意”，我已谈及许多，却招致我生命中不少的“厄运”。鄙人的阅历足以令人怀疑一切所谓无私的动机，怀疑一切言行中的“博爱”。在我看来，那便是一种软弱的表现，一种无力接受刺激的表现——只有在颓废者之间，怜悯才被唤作美德。对于那些施舍怜悯的人士，我的非难是：羞辱和敬畏，后者在距离上的微妙感觉最容易迷惑他们，怜悯总有乌合之众的味道，因而就会像粗俗的行为一样为他们所误解。而在某种情况下，施舍怜悯的手甚至会以直接侵入的方式葬送一个伟大的命运，破坏一个疗伤人独处的空间，剥夺一个人自责的权力。鄙人以为，在高贵的德行中绝不应该包容怜悯的行为，在“扎拉图斯拉的诱惑”一节中，我创设了这样一个情节：由于痛苦的折磨他大声呼叫，“怜悯”就像终极的罪孽侵袭着他，引诱他走向堕落，背叛自我。于是，为了坚守自我，坚守崇高的使命，必须摆脱所谓无私行为中诸多低劣而短视的行为。这些行为的表现非常活跃，因而要摆脱其恶劣的影响，对扎拉图斯拉来说乃是一个必经的考验。或许，是终极的考验。自然，这也是对其真实能力的最好证明了。

V

其实，从另一个视角上看，我不过是父亲的翻版，不过是父亲过早谢世的生命延续而已。就像人们从来没有生活在平等的群体中一般，对他们而言，“补偿”就像权利平等一样遥不可及。因此，在大大小小冒犯自身权益的愚蠢行为发生在身边时，鄙人一概不采取什么反抗的手段，或者保护的措施，即便鄙人是有理的，也绝不以所谓正当防卫一类的行为进行反击。鄙人所谓的补救办法是：在愚蠢行为发生之后，尽早作出睿智的样子，这样，周围的人们或许还会高看你一眼。打个比方说吧，假若我狼吞虎咽地吃下一瓶果酱，我会说是为了驱除胃里酸味之类的东西……于是，你便树立了自信——随他们去吧，反正鄙人总可以“补偿”的。只要抓着机会，鄙人总会感谢那些“冒犯者”的，乃至于有时简直就是因为冒犯本身而感谢，或者还可以找机会求助于“冒犯者”。这样，总比反过来帮他们的忙更体面一些吧……而且，在鄙人看来，即便是最粗俗的言辞、最鄙陋的信件也要比沉默寡言善解人意一些，实诚一些，因为那些喜欢沉默寡言的人常常是缺乏敏锐之见和礼貌之心的人。沉默便是反抗，而且将本该一吐为快的东西再吞噬下去，养成了坏的习性，乃至于损坏了好端端的胃口。难怪，凡是沉默寡言的人都有消化不良的毛病。人们总会发现的，我不想“粗鲁”的价值被看低，因为这是迄今为止，在处理冲突上最为仁义的方式了。于是，即便在当今优雅的举止中，“粗鲁”——也当数最佳德行之一了。要知道，对于一个足够富裕的人而言，犯错或者被人冤枉一类的事情，甚至是一种幸运。上帝光临人间，难免会犯错误，毕竟上帝的形象就是：承担罪过而不承担惩罚。

VI

试图摆脱怨恨，却总是得益于怨恨——谁知道，这也是鄙人那些痼疾所带来的效应，乃至于鄙人终生都得感激涕零！然而，事情却并非那么简单：为了这个效应，你必须经历由至盛到至衰的生命历程。不管你得了什么样的疾病——只要在同病势、弱势相悖而行的情况下，体内原有的抗体，其抵御或者抵抗病情的能力就会减弱。你会浑身疼痛难忍，却不知何以摆脱痛楚、应付痛楚、击退痛楚。总之，病魔缠身，无以脱体，以至于病入膏肓，连记忆力也会严重减退。体弱多病，原本就是一种怨恨。对付它，患者唯有良药一剂——俄罗斯之宿命论。须知，本宿命论是不由反抗的，一个信奉它的俄国士兵，一旦在战役中支撑不住，便会倒在雪中，不吃不喝，不受外物，不汲取任何养料。自然，最终便不再有生命的迹象……这种宿命论最大的合理性在于，它不仅不会直接摧残人的意志，而且即便在你生命垂危之际，仍然能够延续你的生命。然而，这种宿命论的危害却在于，它仅仅通过降低人的新陈代谢功能，使之缓慢运作，最终麻醉人的意志。在逻辑上，如果给以上流程再加上几个步骤，那么，人们就完全可以推测出：即便你被送进了坟墓，你仍然可以再睡上几个礼拜……因为，人如果处处都得作出快速的反应，其生命就会枯竭，最终便会完全丧失肌体的反应能力，这便是宿命论的逻辑。其实，没有什么东西比怨恨更能消耗生命的火焰了。恼怒、对病魔的敏感、无力复仇的抱怨、欲望的失落、复仇的怒火、任何意义上的造孽——这些，对一个精疲力竭的人来说，无疑是对其反应最具副作用的因素，比如，它足以招致神经能量的快速消耗，同时导致病人排泄量增大，入胃胆汁多。怨恨，乃是患者的禁忌，患者的魔鬼；可悲的是，怨恨又是患者难以克制的情绪。深谙此道者，莫过于那位渊博的生理学家——佛陀释迦牟尼，他紧紧地抓住了人性的这个弱点。释迦的“宗教”，以消弭怨恨而著称，不如叫作“系统的卫生术”便妥了，也省得人家将其同以怜悯著称的基督教混为一谈，为求心灵之自由，必得先求躯体之健康，这是不言而喻的。“以怨报怨，怨重怨；以德报怨，怨消怨”，这是释迦“卫生术”的第一条教义，它不是道德的说教，而是生理学的原理。怨恨的天性是脆弱，因而到头来伤害最大的不是别人，而是意志薄弱、怨天尤人者本人。相反，富裕的天性则是预设，而试图成为这种预设的主宰者，却几乎是所有富人的特征。其实，这是一种自作多情的表现。主张向复仇心理和报复行为作斗争，乃至于向“自由意志”论宣战，乃是鄙人全部的哲学逻辑，而反对基督教的斗争只是其中一次特殊的战役而已。只要懂得这一思想严肃性的人，便会明白正是在这些问题上，表现着我个人的社会承担和我人性哲学的实践意义。然而，在那些颓废的日子里，鄙人只能将所有这些，视若有害的东西而不得远离了它们；而生活变得充裕并值得骄傲的时候，我又将它们置于脑后而暂时忘却它们。多年来，所谓“俄罗斯宿命论”之于鄙人，总是一旦抓住机会就紧紧地纠缠着我，而且，年复一年地，几乎总是在痛楚难熬的时间和地点，总是在疼痛难忍的住所里和人群中发生。还好，不必改变它们，也不必为它们所改变，更不必固执地反抗它们……奇怪得很，在那些日子里，时而自己好似已被宿命论所击败，时而又似乎还在宿命论的包围中挣扎，并企图拼命地苏醒过来。谁知道，每一次这样的试探，都是一件冒着生命危险的事情。认命，不再奢望自身的“改变”——这里，正是理性本身的力量。

VII

至于战争，却是另一码事。鄙人，天性好战，本能好攻。能够与人为敌，成为他人的敌人——或许，是需要某种与生俱来的天性作为其强悍的支撑的。换言之，强悍的天性在任何情况下，都足以成为“与人为敌”的必要条件。强悍的天性需要耐力的支持，因此必须培养耐力。好战心的必要性之于强者，恰如报复与复仇心理之于弱者，这是自不待言的。比如，女人的报复心理，是以其柔弱的生理条件为前提的，正如她们对别人的同情心是以其心理上的敏感性为条件一样。同样，一个好攻的强者必定以力量为前提，而且必须达到一定的标准。每一次力量的增强都意味着就对手或者问题的一次挑战。对一个好战的哲学家来说，有一个挑战的问题，才能与劲敌决斗。决斗即便征服了对手，也绝非单凭耐力便可以奏效，需要以全部的力量、坚韧的毅力以及驾驭武器的能力通览全局，才足以在势均力敌的情况下克敌制胜……而一场势均力敌的决斗，其先决条件是，它必须是一场正当的决斗。若一个人鄙视对手，他就不能向他挑战；若一个人发号施令或期待某些东西不如自己时，他也不能发起挑战。根据鄙人的经验，提出如下四条战略建议。首先，鄙人主张只攻击战绩显赫的目标，在特殊情况下，还可以待到对方战绩显赫时再进行攻击。其次，鄙人主张只攻击孤立的或者尚未结成同盟的目标，以便各个解决。一旦招致失败，还可以进退两便，决不在敌众我寡、敌勇我疲的情况下作战，这便是鄙人的作战原则。再次，鄙人决不主张实行个人攻击——对于个人，鄙人只将他们用作放大镜一般的工具，以便探知那些难以察明、难以接触的丑恶。

那便是鄙人击败大卫·斯特劳斯的战术，准确地说那便是鄙人取胜于德意志老年修养术的诀窍——正是鄙人当场揭穿了那种修养术的秘密……那也是鄙人取胜于瓦格纳的秘诀，准确地说那便是鄙人揭穿我们“文化”之虚伪乃至将精明与富裕、后期与伟大混为一谈之混血天性的妙方。最后，鄙人主张只抨击那些抛开不良背景不谈、排除个性区别不论的事与物。其实，就鄙人而言，攻击是为了求证善意，在特殊情况下，乃是为了表达感恩。只要将鄙人的名字同一个人、一件事联系在一起，鄙人都会引以为荣，都会倍觉骄傲——无论这个人是志同道合之辈还是离经叛道之流，我完全不在乎。果真向基督教宣战，鄙人是有这个权利的，因为在反对基督教义的征途上鄙人从未经历过失意的事情，即便是最虔诚的基督徒，也能同鄙人和平相处。于是，作为基督强制教义的敌对者，鄙人绝不会因世纪的命运问题，而对一个特定的个体[1]怀恨在心。

---

1. 这里虽将“the individual”译为“一个特定的个体”，但是依据这里的语用环境，这个“特定的个体”实际上应该就是指“上帝”而言的。——译者注

VIII

这里，还得冒昧介绍鄙人性格上的最后一个特点，因为正是这一点造成了鄙人同他人交往中不小的麻烦。好洁净，乃鄙人与生俱来之脾性，甚至可以说是一种非常离奇的癖好，这让我的生理感觉——嗅觉——近似于……或是……怎么说呢？对于人体内部的各类构件——内脏的每一个细微部分，鄙人均能借助于这个敏感的生理触觉，深入并且探知其每一个角落的秘密：所有隐藏在灵魂深处的丑陋东西——无论是先天血统的遗传或是后天教育的禀赋，只要通过一次直接的接触，鄙人几乎都可以准确地觉察出来。如果这些觉察是正确的，洁癖的嗅觉就会对其所觉察到的东西产生本能的抵触，而相应的大脑器官则会小心翼翼地对其作出厌恶的反应，于是，它们绝不会错误地发出扑鼻的香气来……就这样，习惯养成自然。一个对环境苛刻的要求便成了我生命中不可缺少的元件，舍此，在一个肮脏的环境中，我便无法生存。足见，鄙人只能在清澈的水中，或是在近乎透明、发光的自然环境中游弋、沐浴和嬉戏。由于这一癖好，在同他人相处时，鄙人务必持有极大的耐性，于是，鄙人的博爱，便不仅要表现在宽容地同他人相处，还得表现在耐心地同别人交流……博爱，简直是一个对鄙人长期自持能力的考验。好在，鄙人常常需要与世隔绝，换言之——鄙人得恢复健康，回归自我，还得呼吸一点儿自由、轻松而愉悦的空气……整部《扎拉图斯拉的独白》，就是一首关于独居生活或是对“与世隔绝”的赞歌或是狂想曲什么的，或者不如直接说，《扎拉图斯拉的独白》就是一首关于“洁癖的赞美诗”。但愿它绝不是在赞美白痴。只要不是色盲的人，都能辨别得出，它是一颗璀璨钻石。见不得人类，见不得“乌合之众”，乃是鄙人人性中最大的弱点。因为，它会招来人生最大的危险……如此，您还愿意倾听《扎拉图斯拉的独白》，以资赎回那些“见不得”的代价？

我，怎么了？怎么才能摆脱那“见不得”的窠臼？谁，足以使我双眼复明？怎么才能飞往那理想的高度？那里，“乌合之众”不再坐上辩护人的席位。

诸多的“见不得”，可曾为我插上飞翔的翅膀？可曾为我增添潜水的能量？没错，我得飞至巅峰，以便再一次找至欢乐的源泉。

哦，我找到啦，我的兄弟们！这里就是巅峰！瞧，欢乐的泉水，正向我涌来！生命的泉水，没有乌合之众与我共饮。

欢乐的泉水啊，您不必过于性急！因为，越是急着倒满，越容易全部洒出。

我，小心翼翼地向您靠近：心，依然向您飞去，不过，也显得过于性急。

我的心，像火热的夏天，短暂、滚烫、忧郁而过于乐观；我的心，像炎热的夏天，渴望那泉水带来的清凉！

春天里，缠绵的苦恼，随和风而离去！六月里，多情的怨恨，像雪花一样飘去！我，全然地来到了夏天——炎热的仲夏。

巅峰的夏日，伴之以清凉的泉水，随之以天堂的静谧。来吧，朋友！静谧将带来良多的福分！

这里是我们的巅峰，这里是我们的家园。在这里，我们超然物外，让宵小之辈望尘莫及。

朋友，快将你纯洁的目光投向这欢乐的源泉！别担心，它闪烁的光华不会黯然失色！否则，它纯洁的秉性会嘲笑你胆量不足。

在未来的大树上，我们将筑好自己的“家”，孤独时，雄鹰必定会衔着食物飞来！

不错，宵小之辈哪能享得了这种福分？因为吃了这里“火”，便会烧坏了他们的胃。

不错，我们没有在这里为宵小之辈们预留他们的“窝”！我们的福窝，便是他们的冰窖，必定会冻坏了他们的“灵”与“肉”。

让我们像疾风一般，傲居在宵小之辈的头顶之上。以雄鹰为伴，以冰雪为邻，在阳光的沐浴中生活，那便是疾风生命的轨迹。

像疾风一般——总有一天，我会穿梭于宵小之辈的腰间与背上，用我的精神窒息他们灵魂的呼吸。总有一天，我会实现自己的夙愿。

不错，《扎拉图斯拉的独白》就是一股强劲的疾风，它将吹遍地球上所有的角落；它将告诫对手及其所有以唾沫伤人的人：尔等小心为妙，不得迎风而唾！

➛ 机灵，岂但如此

I

论智力，总比别人多根筋；论机灵，总比别人多根弦，诸如此类的问题，总也不曾少打搅人。不过，对于那些没什么实际意义的问题，那些无聊的事情，鄙人从不白费工夫去考虑、去涉足便是了。譬如，鄙人从不涉足什么宗教难题之类的破烦事儿。至于，像在何种意义上，人应该有什么“负罪”感之类的问题，鄙人便全然不知所以了。同样，鄙人更没有什么良心自责一类的内疚可言：什么扪心自问，哪来的道听途说？对此，鄙人毫无敬意可言。不过，这里实不该留一手，以便后发制人，我宁愿当场将邪恶的结果揭露于世，并从价值观上剖析邪恶的过程，这才是鄙人做事的原则。因为，一旦知道了邪恶的结果，人们便会怀疑他们做过的事情。在鄙人看来，所谓良心的自责，实际上是一种相信邪恶的心理反应。越是错了，越是要提醒自己错了，这便是一种自我尊重，换言之，这便是符合我认为的伦理学原则的做法。什么“上帝”，什么“灵魂不死”，什么“赎罪”，什么“来世”，对于这些观念，鄙人从来都没有兴趣，也没有时间去理睬它们，鄙人从小就是这个脾气。或许，对付这一类事情，鄙人从来都不敢“孩子气”十足！因为我根本不知道无神论是推理的产物，更不知道它是事件的产物。在我看来，它显然出于本能。这，显然也是鄙人的天性所致了。鄙人好奇、多疑、目空一切，那些不成熟的结论，从来都不能满足鄙人的胃口。譬如，信奉上帝，便是一个不成熟的结论——一个同思想家的观念背道而驰的粗率结论。这甚至在本质上，便是对思想家们的一个赤裸裸的禁令：不许你们思考！按照神学家们的诠释，“拯救人类”的不是别的，而是他们的奇谈怪论，这是一个异乎寻常的说法，是一个关于人类“精神”营养的问题，对此鄙人便不能不发生极大的兴趣。为了方便起见，按照常规我们可以这样设想：“为了获得最大的体力、最好的文艺复兴时期的艺术品、最为脱俗的德行，人们该怎样修炼自己呢？”在这些方面，鄙人的经验简直贫乏极了。鄙人接触这类问题太晚，无从尽快获得经验，对于这一点，连我自己也感到惊讶。唯有一文不值的德意志教育及其“理想主义”可以从某种程度上解释为什么偏偏在这一点上，鄙人怎么也赶不上“教皇”的要求。这种“教育”，从一开始就教导鄙人忽略现实，一味地追逐虚无缥缈的、“理想”的人生目标。譬如，德意志的“古典教育”就是一个例子——似乎，企图将“古典”和“德意志”从概念上合而为一，并不是一件毫无收获的事情！再说，一个生活在现代社会的莱比锡人，却得接受古典式的德意志教育，这难道不是一件滑稽可笑的事情吗？！说老实话，为了赎回厨师和那些基督教徒们的面子，鄙人从小到大都没吃过几顿像样的饭。按照所谓伦理学的术语说，那便是“非我主义”“忘我主义”“利他主义”云云。然而，正是在莱比锡人膳食的陪伴下，鄙人完成了早期的叔本华研究（1865年），而且认真地改变了自己的“生命意愿”。以伤害自己的胃口为代价，去接受一种不合时宜的营养观念——在鄙人看来，上述的烹调术足以完美地回答这个问题了。那么，一般意义上的德意志烹调术，在什么地方昧了它的良心呢？！

餐前羹——直到十六世纪，在威尼斯食谱中依然含有“去德意志”的意思：肉片、油面菜、（镇纸压制的）变质布丁！如此食谱，如果用上古兽性十足的餐饮方式用膳，那就绝不仅仅是古德意志人才了解德意志精神的渊源了，此乃伤肠害胃之道也……德意志精神是一种食古不化的典型，谁也对付不了。不过，相对于德意志人乃至法兰西人的饮食习惯，英吉利人的饮食习惯则大有“回归天性”或是“同类相餐”的味道。不管怎样，鄙人的胃口是受不了的。在鄙人看来，这似乎像在精神的躯体上添加了一双沉重的脚丫——一双英吉利女人的脚丫。不过，最佳的饮食习惯，大概要算是皮德蒙特人了。

我不胜酒力，一杯红酒或是啤酒下肚，都足以让我一整天都在“云里雾里”中度过，那是谁都不情愿做的事情。懂得这一点，虽然迟了一些，却是我从孩提时起就有过的事。就像抽烟一般，小时候只觉得喝酒不过是年少轻狂的举止而已，后来不知不觉地便养成了喝酒的坏习惯。得到如此严肃的教训，或许还是拜瑙姆堡葡萄酒所赐呢。如果真的相信喝酒会使人精神振奋起来的话，说不定鄙人早已变成一个基督徒了——那便是让鄙人去相信连自己都以为是最荒唐的事。不过，奇怪的是，只要少许饮用一点度数很低的烈酒，自己便会感到浑身不自在；如果再稍稍地多来一点儿，那更足以令人晕头转向了。

然而，在写作方面，鄙人却从小便表现出非凡的意志来——雄心勃勃，笔耕不辍，立志模仿偶像塞勒斯特[1]严谨而简明的写作风格。为了用拉丁文写就一篇巨制论文，鄙人常常会伏案写作，彻夜不眠，之后还得接着将文中的内容写成报道材料，以备报刊发表之用。而且，文章脱稿之后，还得在写好的拉丁文上涂一层上好的保护膜，以防文本损坏。这些事，在鄙人还是著名的（舒尔）普福塔[2]中学学生的时候，就开始做了。或许，这些都同鄙人的生理学观念直接相关；或许，并不见得同塞勒斯特的生理学观念有所相悖——尽管这同（舒尔）普福塔中学的办学理念在很大程度上是不相吻合的。说实话，直至后来人到中年的时候，鄙人才从严格意义上远离了任何“高酒精成分的”饮料。但是，因为在生活经验上反对素食主

---

1. 塞勒斯特（公元前 86— 前 34），罗马历史家，著有《喀提林阴谋》《朱古达战争》等。——译者注

2. Schulpforta，原译“普福塔”，是尼采所在的中学校名，这里依音译采用了“舒尔普福塔”的地名译名（见《外国地名译名手册》，商务印书馆，1993 年第一版），并在“舒尔”二字上加了括弧，以免误解。——译者注

义，鄙人便不能郑重其事地劝诫那些超凡脱俗的人们滴酒不沾。这一点，或许同理查德·瓦格纳只能改变鄙人志趣而不能改变鄙人志向是一个道理。水足以满足人的各种需要，因而谁都喜欢住在处处都有清水流动的地方（如尼斯、都灵、锡尔斯等地）；一杯清水，会像一只爱犬一般每每陪伴在你的身边——那是多么惬意！常言道“酒后吐真言”，然而，在这一点上，关于什么是“真言”的问题，鄙人又该同世界较真了——在鄙人这里，“真言”是像流水一般运动的，这里的教训足以给人们更多的启示。

谁知道，一次盛宴要比一顿素餐容易消化得多？消化良好的前提是，胃口的各项功能都能协调发挥。首先，你得知道你胃口的大小。为了避免消化不良，你得回避那些单调乏味、耗时过多的聚餐，这里不妨称之为“间歇式献祭宴会”，就像那些旅馆或者饭店中的客饭席一般的小宴会。两餐之间，不用零食，不喝咖啡——咖啡会使你忧郁沮丧、精神不佳。早晨用茶，好处最多，量不必大，味却得浓。沏茶过淡，不利健康，甚至会让人整天都面带病容，萎靡不振。万事万物皆有度，恰到好处最难得。天气不佳时，早晨便不宜用茶了，只需在平日用茶时间的前一个小时，喝上一杯浓浓的去脂可可茶便可以了。小坐，不必幻想户外会有气象万千，因为思绪若不定，筋骨便不安。偏见，无不源自消化不顺。勤勉，我前面曾提过，是对圣灵真正的冒犯。

Ⅱ

跟营养问题最接近的，自然是地理和气候问题了。对于居住之地，谁都不能没有自己的选择；可是，就一个肩负使命的人而言，他得付出九牛二虎之力才足以了事，因为对这类人而言，居住地的挑选余地，实在是太小了。譬如，他们得考虑那里的气候会不会影响新陈代谢的节奏，会减慢，还是加快，甚至，连同居住点和气候状况相关的大大小小的问题全都要考虑进去，因为任何一次不经意的疏漏，都可能使他们疏远自己的工作，甚至还可能使他们终身放弃自己的社会职责。当然，他们自己也可能从来都没有意识到这一点——生命的活力，为什么不足以使其得心应手地进入自己所熟稔的精神领域呢？在这方面，又是非鄙人莫属了。不过，在鄙人看来，单单一个新陈代谢的节奏问题还是微不足道的，因为它还不至于酿成一种不良的积习，乃至将一位天才人物变成一个庸碌之辈——一个“德意志”般的庸才；或许，唯有德意志的天气，才足以损害强健神奇的五脏功能。新陈代谢的节奏，同一个人精神气质的动与静有着密切的关系，其实，精神本身就是新陈代谢的一种反映。如果我们将这些不同的反映，用表格的方式排列出来，就会发现有的地方是天才正在居住或曾经居住过的，有的地方适宜居住视拥有智慧、优雅、谋略为幸福的人，有的地方则总是会有天才们安家，这些地方都拥有无与伦比的干爽空气。巴黎、普罗旺斯、佛罗伦萨、耶路撒冷、雅典，这些地名都足以告诉人们：天高气爽、万里无云的地方，乃是天才的摇篮。换言之，快节奏的新陈代谢，汲取无穷能量的几率才是孕育天才的先决条件。曾经有过这样一个例子，有一位本应成为重量级人物的自由人士，最终却竟然成了一个心胸狭窄、孤陋寡闻、脾气暴躁的家伙，其原因不过是由于缺乏感觉的本能性灵敏，而选择了气候不宜居住的地点而已。幸亏病魔让鄙人变得理智而聪慧，并且学会了用推理的方式辨别现实，否则难保鄙人不会遭此下场。如今，经由长期的实际磨练，鄙人依靠自己已经能够像从一台精确而可靠的气象仪器上读数一样，说出各地气候的基本情况来。甚至，在短途旅行中，鄙人还能够根据自身的生理体验，觉察出空气湿度的变化来，譬如从都灵到米兰的旅程就是这样。

想起近十年不可思议的生活来，我至今还会后怕。那十年，是我生命的危险期，生活在一个与生命需求根本不适宜的地方——自然，肯定是选错了地方。瑙姆堡、（舒尔）普福塔、图林根、莱比锡、巴塞尔、威尼斯——就鄙人身体的生理状况而言，这些都是不该去的地方。

至于，童年和青年时期，是根本不值得回忆的，而如果将这些都归咎于所谓道德教育的缘故，那就未免太愚蠢了。譬如，鄙人没有志同道合的伙伴，这是无可非议的，因为，至今鄙人仍然没有志同道合者相随，或许永远都不会有，可是这些还不至于妨碍鄙人勇敢无畏、兴高采烈地生活。不懂生理学，憎恶“理想主义”，是鄙人生命中两个难以回避的致命弱点，其中有冗余的东西，也有愚蠢的表现，二者都不是善举，因为它们既无以补偿，又无从反驳。

所有人生中的失误，乃至所有致使离开人生目标的本性和态度上的变化，鄙人都将它们看作是“理想主义”招致的后果。譬如，在鄙人为什么会成为一位语文学家的问题上，或许，有人会说，尼采起码可以成为一位内科医生或是别的什么足以惊人耳目的人物，为什么没有呢？等等。在巴塞尔大学的那些日子里，鄙人的精力非常充沛，但是鄙人的整个精神生活，却是一塌糊涂的。生命的意义何在，从不考虑，从不反省。在每天的时间安排上，全是重复性的内容，从来都不会用什么别的内容替换那些重叠的东西。不过，那时候却没有什么肮脏的自私心理，也没有什么所谓发自本能的自我保护意识什么的，可以说人人都是平等的，一切都是“无私”的，一切都是“忘我”的。然而，到头来，这些却都成了鄙人永远也不能原谅自己的地方，因为差一点儿，便到了生命的终点。就这样，我便开始反省那些生命中本来就不合理的东西——“理想主义”。谢天谢地！是“病魔”将我带上了回归真实世界的路。

Ⅲ

一是，选择养分；二是，选择气候和居住地；三则，必定是选择一种修身养性的方式了，这样，人生就不至于再犯大大小小的毛病了。所有这些，对于自成一类的人物来说，要求便会更苛刻一些。然而，就他们本身的利益而言，却会更有用一些。就鄙人而言，广泛的阅读乃是自我修养的方式之一，因此，凡能给鄙人自由的书籍，凡能让鄙人在奇怪的学科和思想之间闲庭信步的书目，总之，凡此种种都是鄙人阅读的对象，不过，鄙人不再对它们过于当真。准确地说，正是广泛的阅读，将鄙人从一本正经的较真中解救了出来。平日里，在埋头工作的时候，鄙人身边是不留书的，也不允许任何人在身边说话，甚至连在身边思考问题也不行。然而，这正是我阅读的奥妙之所在。读者可曾注意到，在大脑高度集中的状态下，整个思维乃至整个肌体都处于一个精神酝酿的过程之中，任何偶发事件、任何外部的刺激都会对主体构成一个意外的刺激，都会引起主体的激烈反应。于是，主体必须尽可能避免任何突发的事件、任何强烈的刺激。筑起一道自我保护的壁垒，乃是培养灵感，孕育精神的本能的、明智的策略之一。那么，要不要特许某个奇异的思想，悄然地爬过这个自我保护的壁垒呢？毋须讳言，这便是阅读的初衷了。劳动与收获同修身与养性，应当交替而行，轮换而做，因为同修身养性为伴的是快乐，是智慧，是智慧的结晶——书！

然者，是德意志的书吗？这便得从半年前打鄙人手上滑过的一本书说起。那是一本什么书呢？那是维克托·布罗夏德的一项杰出的研究成果，书名是《古希腊怀疑论者（研究）》，其中引用了我在《第欧根尼·拉尔修论集》[1]中的不少观点。古希腊的怀疑论，在是它两倍甚至五倍模糊的哲学思想中，是唯一值得尊崇的！否则，鄙人大概就会永远在几本鄙人同类的书中周旋，也只能仅对这类书籍的内容了如指掌了。或许，鄙人生性不愿多读、滥读，如果老是闷在书房里自会受不了的。鄙人生来也不愿多爱、泛爱，对于新书，鄙人的态度是——与其“忍”着读，放心看，或者存点儿敬意耐心看，倒不如小心一点儿，乃至敌对一些的好。说真的，在古典法兰西作家中，只有为数不多的几个，值得人们爱不释读。鄙人仅笃信法兰西文化，并且认为将所有欧洲的东西全都称之为“文化”是一个误会，更不必提德意志文化了。在德意志的文化高人中，鄙人所知者并不多，而且究其根底，他们还都是曾受过法兰西文化熏陶的人。首屈一指的，自然是瓦格纳夫人科茜玛了。她嗓音的天资，的确是一流的。鄙人虽不读帕斯卡，但却喜欢帕斯卡，因为在为基督捐躯者中他是最有启发性的人物，先是生理

1. 尼采的 Laertiana 全称应该是 ANALECTA LAERTIANA。他的文章先附 *Diogenes Leartius*（即《第欧根尼·拉尔修论集》）（Laertiana）的若干古希腊语文本，然后是分析性文字，而分析文字则多是拉丁语。足见，尼采语文学造诣之深厚。

的牺牲，后是心理的逐杀，他都无一幸免——这，便是基督教残无人性的全部逻辑所在。或许，鄙人天生便有蒙田[1]的任性，生来便知蒙田的放荡。是也，非也，天晓得？在艺术家的气度上，鄙人则颇有几分莎士比亚的放荡不羁和愤世嫉俗，即便如此，即便如彼，却毫不影响鄙人对法兰西晚期贤达的敬仰，他们的人数是不在少数的，鄙人仍得维护莫里哀、柯奈和拉辛等法兰西名流的高洁，抵制莎士比亚之流天才的无序，即便如彼，却毫不影响鄙人对法兰西晚期一诸贤达的敬仰。真不敢想象，历史上还有哪个时代，同当今巴黎一样拥有如此好奇而精明的心理学家。这里，试举几例——其人数的确不少——如保罗·布尔热（1852—1935，法国作家、批评家。——译者注）、皮埃尔·洛蒂（1850—1923，法国小说家。——译者注）、吉普、美拉克、阿纳托尔·法朗士（1844—1924，法国小说家。——译者注）、朱尔·勒梅特尔（1800—1876，法国喜剧演员。——译者注），或许还可以举出一位出身显赫的人物来，他便是鄙人特别垂青的拉丁文天才居伊·德·莫泊桑（1850—1893，

1. 蒙田（Montaigne, 1533—1592），又译“蒙台涅”，文艺复兴时期法兰西思想家和散文作家，详见《辞海》（上海辞书出版社，1970 年，第一版）第 3725 页。——译者注

法国作家。——译者注）。对于他们，我们宁肯偏信后代，而不轻信前代——所谓他们的导师那一代人，因为所谓导师那一代尽为德意志哲学所毒害的人。譬如，M.泰纳（1828—1893，另译“丹纳”，法国文艺理论家、史学家。——译者注）便是受了黑格尔毒害的人，他对伟人及其时代的误解大概都是拜黑格尔所赐。凡德意志影响所及之处，其文化无不受其侵害。不要忘了，法兰西乃是用战争“赎回”其文化精神的。司汤达（1783—1842，又译“斯丹达尔”，法国作家。——译者注）乃是鄙人人生路上难得的遇合之一，因为凡是鄙人人生中具有里程碑意义的东西都是偶然发生的，绝无什么他人的指点之类。而司汤达对心理学的见地是独具慧眼的，他对事态的悟性，则足以使你离真实的伟人最近——看到鹰爪，便知道拿破仑要来了，其价值是无法估量的。最后，必须提及的便是，法兰西历史上难得的稀罕人物——鄙人得另眼看待的、可敬的无神论者普罗斯佩·梅里美。或许，在二人之间，鄙人还是偏重于司汤达，因为，在无神论的境界上，司汤达与我，或者我与司汤达殊途同归了，司汤达笑道：“上帝最好的借口，便是他并不存在。”而我，竟也在什么地方说过：“而今，存在的威胁者，是谁？曰：上帝……”

IV

我在所有千年的王国里追寻，追寻那种美妙而富有激情的乐章，最终都以徒劳而告终。抒情诗人，乃是海因里希·海涅（1797—1856，德国诗人、政论家。——译者注）给我的最高的称谓。海涅借给鄙人一种天赐的怨恨，离开了这个怨恨，鄙人便无以完成那美妙的想象，因为在判断人类及其种族的价值时，便是看他们能不能将上帝与萨梯（希腊神话中半人半兽的森林之神。——译者注）区分开来。海涅的德语造诣极高！总有一天，会有人宣布鄙人和海涅都是一流的德文大师——无论在哪一方面，都是德意志本土人望尘莫及的。世人必将以我的语言天赋同拜伦《曼弗雷德》[1]的语言艺术相提并论，鄙人早已独自发现了万恶之渊，而那时，鄙人不过十三岁而已。我无言以对，只是想看看是什么人胆敢在《曼弗雷德》的面前重提《浮士德》[2]的大名。德意志人是无

1.《曼弗雷德》，是拜伦于 1817 年发表的诗剧，反映他对欧洲民族解放运动的悲观失望情绪。——译者注

2. 浮士德，欧洲中世纪传说中的人物，为获得知识和权力，向魔鬼出卖

以得知“伟大”概念的内涵的：舒曼（1810—1856，德国作曲家。——译者注）便是一例。

出于对口蜜腹剑的撒克逊人[1]的愤慨，鄙人为《曼弗雷德》作了“跋”。对此，汉斯·冯·比洛却质疑说，他不曾在原稿中见过此类“跋”文，这简直是对神灵的冒犯。于是，当鄙人在莎士比亚的创作范式中寻找最适合鄙人的格式时，发现凯撒（大帝）的形象乃是莎翁独到的笔触，绝不是他人照猫画虎便足以得来的笔墨——人们绝不敢想象连这样的事情也会发生。于是，要么就是它，要么绝不是它。伟大诗人的创作是唯一的，因为他依据的是自己的亲身经历。在作品完成之后，即便是作者本人也不能再一次经历同样的境遇，以便复制作品的原貌了。鄙人，曾试图再次经历《扎拉图斯拉的独白》的“坎坷”，然而，即便在书屋中踱步半晌，也只能以一阵难以控制的抽噎无果而终

（接上页）自己的灵魂；德国作家歌德创作同名诗剧《浮士德》，这里的字里行间均流露出尼采并不看好歌德才华的情绪。——译者注

1. 撒克逊人是五六世纪入侵不列颠并定居在那里的日耳曼民族，他们曾洗劫城镇和乡村，不列颠人或被杀戮，或沦为奴隶，或被驱赶至西部、西北部山区，大部分人则同入侵者融合，形成了后来的英格兰人（或称为英吉利人）。这里，尼采或许是因为撒克逊人的野蛮入侵而对其存有偏见。参见《中国大百科全书》（外国历史 II）：英国历史（第 1095 页），中国大百科全书出版社，北京，上海，1990 年 1 月第一版。——译者注

了。不知世间还有什么著述能比读莎士比亚的戏剧更让人撕心裂肺。试想：使一个滑稽戏剧中的小丑感人至此，作家要经受多大的磨难！哈姆雷特感人吗？使读者发狂的，不是疑惑，而是信以为真……然而，要察觉到人物的真实性，读者还得有这个造诣，有这个修养，还得有一个推理正常的头脑，所有的人，都会敬畏真理。而且，说实话，鄙人从不怀疑培根先生乃是此类怪诞文学的开创者、自戕者，既如此，又何须在乎美利坚那些知识浅薄、头脑不清的可怜虫呢？然而，想象中的真实之所以感人，是因为它来自事实中的真实感受，甚至后者乃是前者的先决条件。无论在何种意义上，培根先生都是首屈一指的唯实论者，但是实际上人们对他要做什么，做了些什么，他的内心世界又是什么？都还知之甚少……见鬼去吧，可爱的批评家们！

假若，当初鄙人予“扎拉图斯拉”的取名不是如此，而是叫“理查德·瓦格纳”，那么，就算修炼了两千年的洞察力也难以看出，《人性的，太人性的》[1]的作者是扎拉图斯拉的幻影……

---

1. *Human, All Too Human*。从原译：《人性的，太人性的》，见陈鼓应著《尼采新论》之“尼采年谱”，世纪出版集团 & 上海人民出版社，2006年第一版。——译者注

V

这里，在涉及鄙人生命创造力的问题之前，先得说句感恩的话，以便对改变鄙人人生价值观发生过影响的方方面面，表达真诚的、意味深长的感激之情。毫无疑问，这里最亲密的关系都是和理查德·瓦格纳的名字联系在一起的。至于，所欠其他人的情谊，鄙人都可以一笔带过。然而，不管怎样，在特里布森的那些日子，鄙人是决不会忘记的，那是彼此信任的时光，那是令人兴奋的时光，那是无上崇高的时光，那是弥足珍贵的时光……鄙人，虽不知别人同瓦格纳相处的经历，但鄙人却见证了我俩彼此友谊的象征，乃是万里无云的长空。说到这里，又得提起法国了，对瓦格纳的粉丝还有其他的追随者来说，只要他们觉得瓦格纳身上还有什么同他们相似的地方，那便是他们在向瓦格纳先生表示敬慕了。对此，鄙人该有千条理由拥护，没有半点借口妒忌。其实，鄙人也是一样的——骨子里从不接受德意志的东西，甚至连见到一个德意志般的人影，也会觉得倒胃口。于是，同瓦格纳的第一次接触，便注定要成为鄙人人生中大口吸氧的头一回：在鄙人的眼中，瓦格纳便像是外星来客一般，像是德意志人的对立面，乃至于简直是所有德意志德行的反面案例。“德意志人”这个概念，对从小呼吸“沼泽空气”长大的五十多岁的人来说，简直是悲观主义者的代名词。这些人，除了成为“德意志人”的革命者以外，别无选择。无论怎样，这些人都绝不会对那些固执偏见的现象保持沉默的——即便他们会改头换面，即便他们身披红装，再着以（欧洲）轻骑兵式的制服，在鄙人看来，那也是完全无关大局的事情。谁都知道，瓦格纳也是一位叛逆者，也逃离过德国人的藩篱。除了巴黎以外，艺术家便无以在欧洲找到自己的栖身之地。因为只有在巴黎，艺术家才能找到瓦格纳所设想的五种柔和的感觉，如手指上的细微差别、心理上的病态感觉等。在艺术激情的表现力上，在艺术摄制的严肃性上，绝没有什么地方可以同巴黎同日而语——那是典型的巴黎式“严肃”，是绝无仅有的艺术语言。惊世骇俗的抱负，乃是法兰西艺术家的灵魂，而在德意志却连这种概念也不曾有过。德意志人，本性“从善”，而瓦格纳却偏偏生来便不知“从善”为何物。好在，鄙人已多次交代了瓦格纳的人格以及什么人同他来往最多的问题：瓦格纳是法国后期的浪漫主义艺术家，像德拉克洛瓦和柏辽兹（1803—1869，法国作曲家。——译者注）一样，也是那种野心勃勃，令人亢奋的艺术家。他们天生病态，无药可救，是滔滔不绝的狂热分子，是彻彻底底的艺术名家。那么，谁是瓦格纳最虔诚的首席信徒呢？那无疑是查尔斯·波德莱尔了，不过他也是第一个解读德拉克洛瓦的人。德拉克洛瓦是一个典型的颓废者，一个足以让所有艺术家认识自己的人。或许，他也是瓦格纳的最后一个信徒……尽管如此，在某些方面我却永远也不能原谅瓦格纳——他屈尊于德意志人，乃至于变成了德意志之外的德意志人。足见，只要在德意志影响可以延伸到的地方，文化便难免遭殃。

VI

不管怎样，离开了瓦格纳的音乐，鄙人是熬不过那病魔缠身的青年时代的。鄙人，生而屈尊为德意志人，一个人想要摆脱难以忍受的屈辱，必得求助于精神上的麻醉。于是，鄙人便找到了瓦格纳。在我眼中，瓦格纳乃是德意志绝无仅有的解毒之物。不过，它本身也是一种毒物，这是毋庸置疑的。只要一听到《特里斯坦》的钢琴乐曲响起，鄙人便会随之而成为瓦格纳的同路人——我的冯·比洛先生，这可不是我的恭维话！不过，对于瓦格纳早期的作品，鄙人却实在是不敢恭维的，因为它们实在是太普通，太“德意志”化了……尽管这样，我今日仍然企望还能找到像《特里斯坦》那样令人惊魂动魄，那样余音绕梁的佳作——鄙人翻遍了所有的“艺术”作品，然而还是得认输了。在《特里斯坦》的第一个音符面前，列奥纳多·达·芬奇所有的“奇特”都会黯然失色。《特里斯坦》是瓦格纳的登峰造极之作，之后他又接着创作了《迈斯特的歌手》和《指环》，希望能赶上《特里斯坦》的辉煌。然而，使瓦格纳始料未及的是，结果偏偏不能如他所愿，这，大概也是天资使然……鄙人，可算是生逢其时，还能偏偏在德意志人群中幸运地存活下来，以便来日有所担当。鄙人，心智敏捷而好奇善问，足以完成天赋的使命——此乃鄙人三生有幸之遇合也。对于一个从未病至“快意癫狂”的人，世界是不会眷顾的，因为，那几乎是一种必须履行的义务，是一种必须以神奇的方式才足以奏效的结果。瓦格纳之所以能取得惊人的成就，是因为唯有他长满了足以在千奇百怪、若喜若狂的大千世界里遨游的羽翼。这一点，鄙人比谁都心知肚明；而鄙人，则有足够的能力将问题最多、危险最大的劣势化为自身的优势，从而使自身倍加强大起来。不难想见，瓦格纳注定会成为鄙人生命中的施主。于是，我们相依为命，承受了这个世纪常人所不能承受的磨难，我们苦得其所，我们的名字将永远写在一起。自然，也像瓦格纳常常会被德意志人误读一样，鄙人也绝不会逃过这一劫的，永远也逃不过这一劫。不过，我的德意志人啊，要理解这两位大师，你们还得花上两个世纪的心智和艺术的修行啊！只怕你们还是达不到这个境界。

VII

对那些特别优异的读者，鄙人这里还得多说上几句：音乐到底给了鄙人什么呢？恰似十月里的一个午后，音乐给了鄙人愉悦的情怀和微妙的感觉。恰似一个小巧而迷人的女人，音乐给了鄙人个性、奢侈和温婉，鄙人，从未奢望过德意志民族中会出一个懂得音乐的人。通常，所谓德意志的音乐家，特别是最有名望的那些人，如果要究其出身的话，偏偏他们一个也不是真正的德意志人？要么是斯拉夫人，要么是克罗地亚人，要么是意大利人，要么是荷兰人，甚至是犹太人。不然的话，便是德意志高贵血统的人，或是已经绝后的德意志人，如海因里希·舒尔茨、巴赫和亨德尔等。至于我本人，足以称得上是一个地道的波兰人，因而又足以步肖邦音乐之后尘了。基于三个理由，鄙人要将瓦格纳的《西格弗里德田园曲》(牧歌)排除在高雅音乐之外，这里或许还应该包括李斯特(1811—1886，匈牙利钢琴家和作曲家。——译者注)的几个作品。虽然李斯特以其管弦乐队的高雅器乐的格调，略胜其他音乐家一筹。最后，还必须提到的，是阿尔卑斯山脉那边的音乐人。说到这里，便不能不提到罗西尼(1792—1868，意大利作曲家。——译者注)，更不能不提南部的音乐家——威尼斯音乐大师皮特洛·加斯蒂。鄙人之所谓阿尔卑斯山脉的那边，其实仅仅是指威尼斯而已。而当鄙人试图以另外一个名词去替代“音乐”二字时，恐怕也只有“威尼斯”一词足以担当此任了。在鄙人的音乐世界里，音乐和眼泪，总是难解难分；在鄙人音乐的词典中，幸福同“南部”总是紧紧地联系在一起，而那幸福的南部，又总是同微微颤动的心灵连接在一起的。

近日，[1]

一个茶褐色的夜晚，

独自地，我伫立在桥头儿，

从远方，传来一阵悠扬的歌儿：

宛如一颗金色的水珠儿，

颤抖着，打水面滚来——越滚越近。

艘艘狭长的船儿，道道夜晚的光儿，声声飞来的音儿——

醉了一般，游进那朦胧的夜……

我的心，是一把上了弦儿的琴，

一双无形的手——拨动着那根敏感的弦儿——

奏出一首美妙的歌儿，附和着——那船上的曲儿，

我的心，颤抖着，颤抖着——那是幸福的炫耀。

——有人，

——听到否？

---

1. 这里的诗句已有一个译文，可以参阅，见张秀章等选编《尼采箴言录》（吉林人民出版社，2003 年第一版），第 161—162 页。——译者注

VIII

前述诸项选择——养分、气候和居地的选择，乃至修养方式的选择，都与人类自我保护的天性息息相关。人类需要对这些条件进行自我选择，说明自我保护乃是人类自卫的天性，这是毋庸置疑的。不必亲眼看到许多，不必亲耳听见许多，也不必亲自做过许多，只要有一次经验便能够足智多谋，只要有一回事实便足以证明本能的自卫不是可有可无的儿戏，而是务必实现的条件。关于自卫的天性，最能说明问题的例证莫过于味觉的灵敏了。在紧急情况下，尽管说“是”，可能是一种“正常”的反应，可人们常常还是会情不自禁地说“不”，而且总是要把说“不”的声音压得很低。于是，人们便会设法躲开或者回避那些常常需要说“不”的场面。这里的理论依据是，自卫是一种消费性的东西，而且还不是一种低消费，这种消费会形成一种潜规则，一种坏习惯，从而导致某种特殊的、完全没有必要的窘境或者发生尴尬情形。可见，人们最大的损失，常常是因为最小或者最寻常的毛病所招致的。避开那些小毛病，远离那些小毛病，也是需要花费代价的。在这个问题上，人们是不该自欺欺人的，因为，那便是在不必要的问题上耗费精力。但是，如果仅仅靠一味回避毛病来解决问题，人们便会无力自卫。假如，鄙人迈出了房门，出现在眼前不是幽静而富有贵族气派的都灵，而是德意志的某个地方城市，我辈便会本能地封闭自我，以便排除由眼前这个懦弱而乏味的世界所带来的一切压力。假如，出现在鄙人眼前的是某个德意志的大都会，其建筑风格不雅，且众木不生、良莠不齐、杂乱无章——如是，鄙人或许得变作豪猪，背着身子，退避三舍了。然而，如此弄得浑身是刺，恐怕是一种恣意妄为。即便允许你浑身无刺，只剩一双慷慨之拳，或许那是一种加倍的奢侈……

另一种明智的自卫方式是，尽可能不做任何反应，或尽可能远离复杂的局面和人际关系，免得自身的“自由”和“主动”被人剥夺，又从而成为别人的囊中之物。以书代游，便是鄙人的教义。在鄙人看来，学者不过是“翻动”书本的人物而已，一位文献学家，每天少说也得“翻动”二百本书，可最终他自己却丧失了思考的良机；一旦翻书停止了，他便无从思考了；即便他思考了，也不过是对某种刺激，某种他所翻动过的内容的反应而已。显然，文献学家的一次思考不过是一个反应罢了。学者们只会将自己毕生的精力都耗费在对现成思想的肯定或否定上，而他们所批判的也不过是别人已经思考过的东西——他自己是不必思考（没有思想的）的。正是在这种情形下，学者们自卫的本能便被削弱了，要不然，他们便会跟书过不去。足见，学者们是一个堕落的群体。这些，便是鄙人亲眼所见：本来天资聪颖，生活富有，而且人格自由的青年人，早已在他们三十多岁的黄金时段，因为“读”书而“毁”掉了他们的前程。他们活着的意义，仅在于像火柴棍一样，只需在既定要为之点燃的那一刻轻轻一划，擦出“思想”火花。

清晨，天刚破晓，万象俱新，谁人不是精力正旺，哪个不是神情正好？偏偏得用这一段最佳的时光，去读书，真乃罪过也！

IX

至此，鄙人便必须切实面对如何兑现自我价值的问题了。为此，鄙人精心撰写了关于自我维持的方式问题，即关于“自私”的艺术问题，那是别人的得意之笔。假若我们的使命、职业和天命都在相当程度超越了一般的意义，那么我们最大的风险，莫过于在使命的关照下认知自我。之所以需要兑现个体的价值，是因为人们往往不能从最长远的意义上读懂自己。换言之，人们并不懂得“自我”意味着什么。正是在这个意义上，即便是生命中的跌跌撞撞——一时的失足、失误、贻误、羞怯，乃至过于拘谨等，都会以外因的方式影响到使命的进程。其实，这些看似消极的阅历，都是有其积极意义和价值的。都是大智，乃至特智的另一种表达方式[1]：因为，“懂我”或许正是对付“毁我”的妙方，而“忘我”“误我”“虐我”“贬我”“庸我”的做法则无一不是“毁我”的根源所在。如果用道德主义者的说法，则是：只要爱他人，为他人、他物而生存，再严重的利己主义都足以得到保护。显然，这是站在“无私”的立场上说话的。这是一反鄙人往常做法和信念的情形，不过只是一个例外而已。其实，所谓的道德主义者，本来就是以自私自利为行，以自我教养为业的。人类的意识必须完全摆脱外部命令的强行制约，因为意识本来就是一个客观、外在、不受约束的存在物。另外，还必须提防不实之辞、不妥之念的负面干扰。可见，只有排

1. 这里所述的道理，恰同国人之所谓“大智若愚”一般；于是，“特智”便“若灾”“若难”了。——译者注

除了所有的“风险”，天性方会“自我觉醒”。同时，那些注定要指挥你行为的组织“观念”便会越来越根深蒂固，开始居高临下，发号施令，并逐渐将你从边道、弯路上拽回，激活你足以独立的资质和能力。总有一天，这些资质和能力会化为成就你事业不可或缺的积淀乃至手段。除了足以为你的使命、目标、目的及其意义提供有益启示外，还表现出其他的辅助功能来。由此看来，鄙人的生活是简单的，也是奇妙的。既然需要重新估定所有的价值，就得有超乎常人的能力。不过，这些能力却不得自相矛盾，自相对立。能力要有秩序，有区别（差异）；分类方式不能相互抵触；能力之间必须相互协调，不得互为混淆；诸多能力的结构绝对不能杂乱无章——所有这些便是鄙人成功的先决条件，也是鄙人天生的艺术工作，乃至长期积淀的劳动秘密。至于对自身的内在修养，鄙人却从来都不做最明确的规划和设计。这个事实说明，能力的增长只能通过对天性的善加呵护去实现。懂得这一点是重要的，但是，也必须明白：总有一天，鄙人所有的能力都会在一夜之间趋于成熟，达到巅峰，达成终极的完美。正因为这样，鄙人从来也不曾觉得生命中会有什么烦恼的事情，更找不到什么强勉奋争的痕迹，因为鄙人天生就不是一块什么英雄的料。要“得到”什么，要“追求”什么，立什么“目标”，树什么“夙愿”之类的宏图大志，鄙人生命的过程中，从来都没有这般的事。即便在此刻，眺望生命的未来——遥远的未来！也恰似眺望那空空如也的大海，大风吹皱了所有的海面，却不见一丝奢望。一切便是一切，不必作丝毫的变动；我便是我，何须作多余的润色？谁都可以存疑，不过那便是鄙人永久的生命方式。鄙人，心无鸿鹄之志，何必躲躲闪闪！若夫，岁逾不惑之年，谁人不追名逐利？哪个不图女人欢？不过，我尚无此愿也。虽曾荣获过学府里的教授头衔，却也未曾奢望过那档子事。那阵子，我不过一个二十四岁的人而已。

X

有人一定会问：尼采怎么就会讲述些传统上微不足道的事情？我的回答是：既然注定要担当人间之大任，我便得通过讲述这些微不足道的小事加倍“考验”自己。在我眼中：关于营养、地域、气候、修身之方式乃至对自我中心主义之诡辩，这些常人所微不足道的，其意义超越了所有概念的重要性，远不是迄今为止人们以为最重要的东西所能比。准确地说，人们务必学会用新的、不同的方式，重新审度以往的事与物，而且，务必从当下便开始。其实，迄今为止，人们所信以为真的东西，也绝非全然属实，乃至尚有纯属臆测者耳——如果从更为深刻的意义上说，那些所谓臆测之事物，不过是渊源于人性之病态乃至劣根性的谎言罢了——诸如“上帝”“灵魂”“美德”“罪孽”“来世”“真理”和“永生”一类的概念，全都是谎言。问题在于，人们却偏偏要从这里找出一个人性的“伟大”和“神圣”来不可。于是，害群之马便被奉为贤达之士。结果，所有政治的问题，社会的秩序，乃至教育的制度都从根本上扭曲了——审度以往的是非，蔑视一切的谎言，则被说成是生命中无足轻重的“琐事”而加以非难……于是，鄙人便不得不将自己同古往今来的名流贤达置于同一个天平之上——区别，乃是显而易见的。好在，鄙人并没有将这里天平上的名流及其贤达划归于人类的范畴，因为在鄙人的眼中，他们生性有病，图谋有毒，是人类的渣子，是发育不良的怪胎，完全是一群恶贯满盈、不可救药的怪兽，而其所为之事，不过是对人类进行的报复而已，鄙人必以这群怪兽为敌。于是，无以伦比的机敏，便是鄙人健全天性的反应，便是鄙人与众不同的殊能。鄙人之健体，绝无病态之倾向，即便在病魔缠身的时期，也绝没有疾殇之心态。至于对宗教的狂信、盲信，那更是与鄙人生性无关的了。鄙人，无须屈尊，何必傲慢？怜悯，从来都不是伟大的表现。高呼怜悯者，必是虚伪之辈，谨防一切口蜜腹剑之流！于鄙人，生活是简单的；而生活给我出了最大的难题时，却也成了我最轻松的时候。就在今秋的七十多天里，基于对未来数千年的责任之心，为了撰写那部一流的、空前绝后的著述，鄙人几乎与世隔绝。这期间，只要见过一面的人，谁都知道，鄙人并没有丝毫的紧张；相反，鄙人却倍感精神抖擞，兴致勃勃，从来也没有吃得那么香甜，睡得那么踏实。表现伟大的使命，除了用游戏的方式外，鄙人着实不知道还有什么更好的选择，它是伟大的象征，它是先决的条件。一丝轻微的紧张，一副沮丧的面容，一点嗓门不适的轻咳都会影响一个人的全神贯注，何况我是在做一项前无古人的工作呢！千万不必神经过敏……自然，独居也有独居的苦处，独居也会干扰你的正事，然而，鄙人总是多苦于尘世之“喧闹”……

还是很小的时候——七岁那一年，鄙人便知道，我注定不是一个安分的人。世界现有的语汇中，哪一个也不足以形容我。然而，谁又见过我因此而闷闷不悦呢？时至今日，鄙人依然会平等对待身边的每一个人，与他们和睦相处，即便是社会底层的平民老百姓，我也会抱有恻隐之心。总之，待人接物，明里绝无傲慢之气，暗中亦无诋毁之心。鄙视他人，他人必能察觉。终其一生，鄙人都会对一切存心不良的行为感到愤怒。在鄙人这里，衡量一个人是否“伟大”的标准是：看他是否“知命”[1]，谁也不必梦想超越天性，过去是这样，将来是这样，永远是这样。对待必然的事物，不必忍受，更不必掩盖，而是要热爱它——在它面前，所有的理想主义都是谎言……

---

1. “amor fati”，是一个拉丁语汇，其大意是“love of fate”或者“love of one's fate”，这里姑且译作“知命”，但并不等同于中国文化中的“知（天）命”。依据全书的语境，结合尼采的观点，这里的“知命”，应该解释为“知天性”才对，因为“知天性”便会爱生命，从而激活“创造生命的意志”（Der Wille zur Macht，即英文的“The Will to Power”），以资成就未来。——译者注

the will to power，仍译为“冲创意志”，参见前文第 11 页注释 2。——译者注

➛ 佳作，何以迭出

I

鄙人是鄙人，作品是作品，所谓人为一事，物则为另一事耳。于是，在涉及著述本身之前，先将它们是读得懂还是读不懂，做一个“安民告示”为好，不过，点到为止便可。其实，必须正式回答这个问题的时机尚未到来，况且鄙人自身的机遇，也未必到来——有些问题恐怕从一开始便注定了——必定要待到鄙人离世之后，才会有一个清晰的答案。然而，总有一天，总有一个地方，人们会像鄙人所预见的那样去传道授业，甚至还会建立大学教职来讲解《扎拉图斯拉的告白》。然而，如果企望鄙人的逻辑在当今便能够为人所乐听、为人所乐取，那么鄙人便全然地错了。因为，事实是没有人会听鄙人的，没有人会知道如何从鄙人这里获益——反正，人们尚且不能明白鄙人那些深奥的道理。况且，于我来说，那些道理也尚且有未尽之宜。谁也不企望被人家误解，于是，鄙人自然要好自为之，不敢自作聪明了。需要重申的是，鄙人平生不存半点“恶意”，也无从将半点“恶意”付诸于鄙人的文章。相反，却将太多的“迂腐”注入了鄙人的著述！在我看来，对任何人而言，持有一本鄙人的著述，都是一件千载难逢的幸事。甚至可以这样设想，他必定会兴奋得跳起了脚而甩丢了鞋，即便甩丢了人家的靴子，那也是预料之中的事。

海因里奇·冯·斯泰因博士曾经诚实地抱怨说，鄙人的《扎拉图斯拉的独白》，他连一个字都没有读懂。其实，问题并没有那么严重。然而他若是果真读懂了，即便是阅历过其中六句忠言的意味也罢，他便会从“凡人”的位置上升到一个相当的高度——即便是这样的高度，也不是“当代人”所能企及的。有了这样一层感觉上的隔膜，何敢奢望鄙人所了解的“当代人”去识读鄙人的著述呢？严格地说，鄙人要走的成功之路和叔本华走过的成功之途乃是恰恰相反的，有道是“不生育，不轻浮”。人们在否定我的著作时总是作出无辜的样子，我不想贬低这种无辜以求自己的快感。就是在这个刚刚过去的夏天，因为著述任务过重，手头需要处理的文字太多，鄙人已经将其中冗余的部分略去，也算是求个平衡吧。一位柏林大学的教授好心劝鄙人换一种方式著书，说什么没有人会接受那种叙事的方式，同时还希望鄙人理解这一点。

之后，恰好碰到了两个典型的“例子”，但这两件事情，都不是发生在德意志，而偏偏是在瑞士。一个是某个“联盟”的V. 威德曼[1]博士以卡尔·斯比特勒先生（同为该“联盟”的成员）的名义，以“尼采的书是危险的”为题，就《善恶论》[2]发表短文，对鄙人的著述作了一个总体性评价，那简直是一件鄙人人生中登峰造极的事情——他们居然说出了连作者本人都不敢奢望的“疯话”。另一个，则将《扎拉图斯拉的独白》说成是“一个高级语体的问世”，并且要鄙人随后为他们提供必要的说明。V·威德曼博士还说他钦佩鄙人的勇气，为此鄙人还努力克制过那种体

1. V. Widmann，又译惠特曼、魏得曼。——译者注。

2. *Beyond Good and Evil*，一译《善恶的彼岸》、一译《善与恶之外》、一译《尼采论善恶》，分别见：张秀章等选编《尼采箴言录》之“尼采年谱”（吉林人民出版社，2003 年，第一版）；陈鼓应著《尼采新论》之“尼采年谱”（世纪出版集团 & 上海人民出版社，2006 年，第一版）和朱泱译《尼采论善恶》（团结出版社，2006 年，第一版）。——译者注

面的感觉呢。虽然其中的话语尚不露天机，连作者本人都得佩服他们的严密，但是，那只不过是秃子头上的虱子——明摆着的事实。值得重申的是，人们务必“对以往的价值观念作出重新估定”，以便将钉子钉在鄙人的头上，而不是让鄙人的头碰在钉子的尖上。因为，对鄙人而言，所有要做的事情加在一起，无非是做好一个说明罢了。最重要的是，任何人都不可能从事物中（包括书籍）提取他不知道的东西。一件不可能阅历的事情，岂可以用耳朵听说？这里随便设想一个极端的例子吧：如果一本书连什么问题都没有涉及，只是用第一人称的方式编造了一种似乎用新的经验堆积起来的事情，那么就连常识乃至稀有的经验都不足以证明那些事情是真实的。在这种情况下，人们又怎么可能听到事实呢？这是一个极为简单的道理，因为没有人听到，便是没有发生，于是只能称之为道听途说了。其实，这不过是鄙人普通阅历之内的事情而已，或者说，最多不过是鄙人阅历的出处罢了。

一个对鄙人有所了解的人，在经过他自己的判断后，常常未必一定要成为鄙人的对立面，或许还会多少接受一些鄙人的影响呢，比如一个所谓的“理想主义者”常常就是这样。而一个对鄙人毫无了解的人，则一定会从根本上否认鄙人的东西——鄙人的思想结晶。

“超人”[1] 是一个“类型”，而且是一个至善至美的“类型”——同“现代人”、“善人”、基督徒以及其他虚无主义者毫无共同之处。在《扎拉图斯拉的独白》中，正是这个“超人”颠覆了传统的道德观念。于是，“超人”便自然而然地变成了一个非常有思想的词语。而在价值观的意义上，又正是这种同传统道德观念毫无共同之处的“对立性”，构成了扎拉图斯拉个性的基本特征，并且几乎处处都会因此而招致与生俱来的非难，甚至将其归属于理想主义“高品位”人群那一类，说什么他是一半“圣人”，一半“天才”的集合……而其他文明一类的畜生们则以他们物以类聚的方式将鄙人猜疑为达尔文主义者。尽管鄙人曾无情地驳斥过卡莱尔的英雄崇拜主义思想，却仍然有人猜疑鄙人的思想有大骗子卡莱尔（或许他自己并没有意识到这一点，也不情愿让自己成为骗子）英雄崇拜主义的成分。对于这类人，鄙人曾悄悄地提醒他们说：要看看周围的世界，不要因

1. “超人”（superman），是尼采哲学中的重要概念，是他在新的世界观、人生观和价值观的基础上所设定的新价值的创造者。尼采的理想人格是由“超人”来代表的，尼采的哲学理念是由“超人”去体现的，因而尼采的哲学也是以超人学说而著称的。——译者注

为西泽·博尔贾或者巴尔锡福尔的影响不相信自己的耳朵。

对于舆论，特别是报刊关于我著述的议论，鄙人向来都不感兴趣，这一点，朋友们、出版商他们也是知道的，只是没有告诉鄙人罢了。因此，舆论界原本应该是饶了鄙人的。不过，在一个特殊的情况下，鄙人曾亲眼见证了他们仅就鄙人一本书发表了种种非议——那本书便是《善恶论》。关于这件事，这里简直可以讲出一个奇妙的故事来。

还有一家叫作《国民报》的普鲁士周报，那自然是给鄙人那些国外的读者们看的。巧得很，鄙人也读过国外的东西，可以说只有《辩论日报》，竟大着胆子宣称：尼采的书乃是“时代的产物”，乃是真正的容克贵族的哲学。不过，这个胆量，可是《十字报》所没有的。这样说，或许读者还未必相信呢……

Ⅱ

以下的话语，就写给德意志的国民看一看吧。鄙人的书，哪里都有读者——其优选者，唯有出身高贵的智慧之士，且其中还不乏真正的天才人物。在维也纳、圣彼得堡、斯德哥尔摩、哥本哈根、巴黎、纽约，到处都可以找到鄙人的读者，显然，鄙人完全不必将自己的读者群限制在欧洲的德意志境内。说实在的，鄙人偏为那些间接的读者们倍受鼓舞。因为这类读者，有的连鄙人的姓名都不曾听说，有的甚至连什么是哲学也不知道，然而鄙人每到一地，就说在鄙人所暂且栖身的意大利都灵吧，人们只要看到尼采抛头露面，一个个脸庞上便会洋溢着平日里少有的兴奋和善意。给鄙人印象最深的，要算那位超市里年迈的妇人了，每每见到我，她总会使出浑身的力气，将柜子里最甜的葡萄挑给我品尝，在鄙人看来，这便是对一个哲学家最大的奖赏。足见，波兰人被称作斯拉夫人眼中的法兰西公民[1]，并非虚言了。

在鄙人的经验中，一位讨人喜欢的俄罗斯女士，是绝不会错过任何一次盘问鄙人国籍的机会的。这件事，常使鄙人因腼腆而不善言辞，谁都知道那是最尴尬的局面。对付德意志人，处理德意志事，鄙人决无输招，然而此时此刻，鄙人竟束手无策了。鄙人原先的恩师里奇尔曾用心良苦地夸鄙人，说凭鄙人的语文才华足以把一篇论说文，写得像发生在巴黎街道上浪

1. 尼采自称波兰人的后裔，又以法兰西人为至尊，于是，当受到斯拉夫人群的敬重时，自然会感慨一番了。——译者注

漫故事一般精彩，令人觉得荒诞而又兴奋不已。即便在巴黎，人们也会面对 M. 泰恩“所有勇气和计谋”一般的描述感到惊讶。怕只怕，对古希腊酒神极端的狂热一旦变成一种“永不浸水的盐类混合物”，即德意志精神，鄙人便真不知该如何是好了，救救我，上帝！阿门！

长长的耳朵，意味着什么？谁都知道，有人甚至还有过切身的体验呢。于是，鄙人便可以断言，鄙人的耳朵，是世界上最短的了。这对于女士们来说，是无关要紧的，因为在鄙人看来，她们都以为尼采已经向她们表示了足够的善意。鄙人是一个卓越的反对愚昧的人，同时又是一个人类历史上的大怪人——用希腊语，不仅仅用希腊语来说，鄙人完全是一个反对基督的人。

Ⅲ

作为一个作家，鄙人有自己特殊的禀赋，这并非夸大其辞。而在个别情况下，鄙人写作所独有的极大的“摧毁”性品味，则是与生俱来的秉性。人们可以不再理会鄙人的著述，最起码可以摆脱尼采哲学的折磨，这是一件极其简单的事情。

来到这个高贵而美妙的世界，是无以伦比的殊荣，但只要不沦为德意志的人，那么最终必定会成为一个杰出的人物。但是，当一个人从鄙人的著述中真正读出欣喜若狂的感觉时，他便足以通过某种高尚的意识经验和鄙人联系在一起，因为，鄙人来自连鸟儿都无以飞抵的高空，而鄙人所了解的地狱，人类是未曾涉足的。读我的书你会爱不释手，我的书甚至会扰乱夜间的静谧。总之，没有什么书籍比鄙人的著述更高傲、更精妙的了。人们足以从中获得世界上最有价值的东西——愤世嫉俗；谁要得到这些，谁就得有十个最敏感的手指和一双最强悍的拳头。任何灵魂的脆弱，都会让他丧失这个机会，甚至永远都得不到它——连一次小小的“消化不良”也不例外，你的神经必定是麻木的，你的胃口必定是兴奋的。除了灵魂的贫乏外，连精神上的每一点空虚都可能致使你丧失这里的机会——懦弱、肮脏，乃至内心深处的复仇心理都可能丧失机会。听我一句劝诫，便足以将所有本能的污秽驱逐于身体之外。在鄙人的同仁中，有几个经验型的人物，由他们那里，鄙人获得了许多——许多对鄙人著述有益的反馈信息。至于那些不愿意同鄙人著述扯上关系的人，比如鄙人那些所谓的朋友们，便不必受什么个人因素的影响了。每当鄙人有一部著作问世时，他们只需要以欢欣鼓舞的语气，祝贺作者又完成了一部著作，说说“进步还是明显的”一类套话便是了。

全然恶意的“精神”、经由美化的“灵魂”、彻头彻尾的虚假——岂堪应对鄙人的著述？于是，他们眼中所见的，恰似他们脚下所踩的，那便是对他们美化了的“灵魂”所作的绝妙的脚注。鄙人那些善于挑刺的同仁们，其实不客气地讲，全是些德意志同胞们，他们总是说未必赞成鄙人的观点，虽然有时候他们也能理解鄙人的难处——这，无非是要鄙人理解他们的难处。据说，甚至连鄙人的《扎拉图斯拉的独白》，他们也无法容忍。任何一个持有“女权主义”观点的人，或者干脆说任何一个“女权主义”的男人吧，同样会将鄙人拒之门外，因为他们永远都不能走出那个愤世嫉俗的智慧迷宫。如果人们注定要幸福快乐的话，就必须与艰难的真理同归于途，舍此便没有别的选择。或许，人们从不吝惜自我，但是他们从来都不曾知晓自己还缺乏严厉的习惯。对于一个优秀读者，鄙人的期望是：一个既有勇气又有好奇心的庞然大物，一个聪明无比、反应敏捷、胆大心细的巨人——一个天生的探险者兼发现者。打心底讲，至此，鄙人依然不知道怎么对自己的读者说才会更好些，就让扎拉图斯拉替鄙人来代言——唯不知单单为了这里的事，扎拉图斯拉是不是愿意将他的“谜语”再重述一遍?

对那些勇敢的探险者和发现者们；对那些已经登上灵巧的航船正在波涛汹涌的海面上搏击的勇士们——

对那些陶醉于谜语，沉迷于曙光，其灵魂已随着长笛的乐音到达那变化莫测之深渊的人们——

没有人会奢望以懦夫的双手去抚摩一条长长的绳索，难道有什么人会情愿破费去丈量那条绳索到底有多长?

IV

这里，还得就鄙人著述的体裁和风格问题说几句话。通过语言符号，包括使用这些符号的节奏，传达某种心理的状态，某种内心的悲怆，此乃体裁之意义所在了；在鄙人这里，人物心理状态的变化是复杂的、特别的，因此体裁的适应性、多样性便是不可避免的。总之，体裁的变化是随人物性格的变化而变化的，只要能够恰到好处地传达人物心理的状态，任何一种体裁都是合适的，都不至于同语言符号的使用发生错位，每一个符号、每一个节奏、每一个姿势——所有修辞的规则，都得服从于艺术表达的需要。好的体裁，恰似一则优美的曲调，一个单纯的“理想”，足以与“美”同价，与“善”同格，与“物”同值者也。鄙人之天性，岂敢误人乎？

期待着：乐音总有听众，悲怆可逢奇人，忠言单遇知音——眼下，鄙人的扎拉图斯拉依然在追寻他自己的知音。天哪！那还得花费多长的时间！但愿，未来的知音值得他追寻。到那时，人们才会如实地理解这里被挥霍了的艺术，才会更多地领略这种全新的、从未听说的风格，才会真正接受这种在艺术手段上直接革新了的风格；到那时，鄙人的艺术才会不至于为之荒废。然而，如果这种事情发生在讲德意志语言的人群之中，那便需要考究一番了。对此，本人理应事先就给予激烈驳斥。在鄙人面前，他们还不至于用德意志的语言捡到什么便宜的。其实，他们又何曾用这种语言做成过什么？因为这种艺术的韵律、庄重的文体，足以传达情感升降的微妙，足以焕发超人的激情。这种著述的体裁及其风格的独到，唯有鄙人的笔触才足以独立地创造；如同《扎拉图斯拉的独白》第三版最后一节——《七只海豹》一般的酒神赞美诗，比迄今为止的所谓“诗歌”，不知早已超出了多少倍。

V

读鄙人的书，好比聆听天下顶好的心理学家讲演一般，或许，这便是一个优秀读者的第一感觉。只要他们像作者一样去体味，读鄙人的书，便会如同一位资深的语文学家在诵读罗马诗人贺拉斯[1]的诗歌一般。在鄙人看来，相信“自我主义”与“非自我主义”的对立，本来便是一个天真的错误，因为所谓“自我”本身就是一个“高级骗局”，一个虚构的“观念”而已。这一点，是不需要什么哲学背景或者道德说教的理论支持的，因为那是一个连思想肤浅的俗人，乃至于傻瓜也能明白的道理，谁都知道：基本上是没有人会持反对意见的。

无所谓自我主义，也无所谓非自我主义，在心理学的意义上，二者都是无稽之谈。什么“人类要为幸福而奋斗”，什么“幸福就是对德行的报偿”，什么“愉

1. 贺拉斯（Horace，公元前 65— 前 8），又译“霍瑞斯”，原名 Quintus Horatius Flaccus，罗马诗人及讽刺文学家。——译者注

快和不愉快是对立的”，如此说法，不一而足。对人类的蛊惑，对道德的诠释，从根基上扭曲了整个心理学的基础——心理学完全被道德概念化了，以至于到了可怕、荒唐的地步，说什么“爱情是非利己主义的”，人必须坚守自我，坚定立场，否则人便索性不必爱了。不过，这种事终究是精明的女人们心里最明白的，她们玩上一把“非我”的游戏，不过是为了让毫无偏见的男人们领略一下大丈夫的滋味而已。恐怕鄙人还真不敢冒昧地自称已经看透了女人的心？不过，果真如此，那便是狄俄尼索斯酒神的眷顾了。天晓得？说不定鄙人便是第一个女人心中灵魂不朽的心理学大师。恰似一个遥远的故事所讲述的那样，除去那些发育不全、丧失了生育能力的自由女士们，哪个敢说不喜欢我？幸运的是，鄙人并没有注定被女人们撕得粉碎，因为一个十足的女人，只要她高兴，便会将你撕成碎片的……鄙人，是了解那些温柔而又没有理智的女人的。天哪，那多像一只危险而隐蔽的爬行动物啊！你可以惬意地和她相处！一个精明的女人，其复仇的欲望是会超越其天性的。毋庸讳言[1]，女人比男人聪明，也比男人恶毒，女人的善意往

1. 毋庸讳言，这里用“她”指代《扎拉图斯拉的独白》一书是不大恰当的，因为尼采的骨子里是蔑视女性的，姑且用之。——译者注

往是恶情的端倪，所谓“美丽的心灵”常常掩饰着生理上的缺陷。这样说，并非因鄙人愤世嫉俗、玩世不恭所致。为平等的权力而奋争乃是病魔的症结所在。这个道理，只要是做医生的，谁都知道。一般说来，一个女人越是具备女人的天性，她就越是会为了保护自己而拼命地同权利斗争。正是由于天性的缘故，迄今为止，在男女永久的性别之争中，女人总是处于优势地位的。鄙人这里的“爱”情观，不知读者是否还可以听得下去？唯有这里的“爱”情观，才值得用哲学的头脑去思考。然而，在方法论上，在根本意义上，关于“爱”情的战争，应该源于道德观念上对性意识的厌恶。鄙人的陈辞，是否击中了问题的要害，从而使人们聊以解决或者补救女人带来的问题呢？扎拉图斯拉说，男人给女人带来孩子，因为女人需要孩子。足见，男人只是一种工具而已。对于病态或者无法受孕的女人来说，“女人的解放”只会引起她们本能的厌恶，而对于常态或者健康的女人来说，同男人决斗则会成为她们独有的手段——或巧立名目，或独用战术，那便是很寻常的事了。而当她们将自己升格为“自为女人”“高级女人”“理想主义女人”的时候，她们实际上已经降低了自己作为女人的基本品味。这些无疑都是文法学校的栽培——妇女要掌权、妇女要当家、妇女要有政治投票权等导致的。其实，那些主张妇女解放的人们，即便是在纯粹的女人世界里，也不过都是些无政府主义者罢了。她们也属于被剥夺了基本社会权利的人群，其歇斯底里的“本事”，不过是向男人世界的复仇罢了。顺便说一下，在整个人群中最恶毒的“理想主义者”其实还是男人，比如亨里克·易卜生便是个例子。他提倡什么典型的老处女主义，其结果无非是玷污了人类的良心，破坏了天然的性爱罢了。这，原本是一件坦诚而严肃的事情。为了将这一思想说得透彻一些，关于鄙人的道德准则，这里有必要再多说几句，以便将它同“罪恶”的东西严格地区分开来。“罪恶”一词的本意无非是要揭露违背天性的东西，如果需要说得典雅些，那便是要揭开“理想主义”的底子。这里的附言是：做“贞洁”的布道，便是公开地煽动对天性的对抗。所有以“下流”“不道德”为借口，轻蔑性生活、诽谤性生活的人，都是对人类生命的犯罪、对人类生命神圣精神的亵渎。

VI

要对作为心理学家的鄙人作一个概括的叙述，得用《善恶之外》中一段有关心理学的文字，读者大概会难以理解。顺便说一下，鄙人并不赞成将本人同文中人物简单联系在一起的不实猜测，“心灵之天性，唯天下最大之隐者所独有，诱惑之神和天籁之音的交响曲吹奏者，最善于将他们的声音吹抵每一颗心灵的深处。不用言语，不必盼顾，毫无怂恿之意，毫无煽动之情，聆听者却偏偏深知其中的意味，无关乎吹奏者怎么样，有关于追随者怎么行，原本是被动而来，如今却铁了心去。心灵之天资，足以令一切必张扬而自足的事物，都变得须静谧才便于倾听，足以安抚人浮躁的心灵，赋予人崭新的期望，以便憧憬那遥远的未来——期望，犹如镜面一般的平静，透过它足以看到蓝天的深邃。心灵之天资，足以让笨拙而匆忙的人群有机会停一停，想一想，再从容地上路；心灵之天资，足以推测那隐匿而被人们遗忘了的瑰宝，足以感知那深压在冰山底下的仁慈和神圣；心灵之天资，宛如一根奇妙的‘魔杖’，足以将泥沙筑成的监狱中搁置了许久的每一颗金粒都打捞上岸；心灵之天资，只要你沾到它的边，富裕便会不期而至——那不是偏爱，你不必惊奇，不是上帝的保佑，不是别人的恩惠——是你自身的财富，是你自为的改变，恰似一股融冰的和风，迎面吹来，你受到触动，你变得开朗，你一鸣惊人，你不必意外。或许，你依然不够确定，不够完美；或许，你依然比较稚嫩，比较脆弱。然而，你一定充满了不可名状的冲动，充满了崭新的意愿和朦胧的欲望，充满了你从未意识到的、奇怪的意志——冲创意志[1]，兼有逆反的心思……”

1. 这里将“new ill will”译为“从未意识到的、奇怪的意志”。其实，依据这里的语境，这种意志就是陈鼓应先生所译的“冲创意志”，即所谓“创造生命的意志”，参见前文第 11 页注释 2。——译者注

➛ 天运，我自晓得

I

我的命运，我知晓——总有一天，尼采的名字会同那些可怕的记忆联系在一起。那将是一场空前的灾难，那将是一次良心深处的碰撞，那将是一个对迄今为止的所信、所愿及其所尊崇的背叛。我，不是一个人，我，是一剂炸药。如此，鄙人何以成为某一宗教的发起人？宗教，乃是下等人的事。在同宗教人士接触之后，鄙人还得清洗自己的手。鄙人并不需要“信奉者”，因为鄙人从不信奉什么人，即便同下等人说话的事，鄙人也懒得动嘴去做。总有一个可怕的感觉，有一天，鄙人会被众人称作圣人。人们会说，难怪尼采老早就将那本书公诸于世，其实，那都是为了避免他人伤害我。鄙人不企图做“圣民”，也不希望成小丑。或许鄙人便是一个小丑，是小丑也罢，不是小丑也好，总之，迄今为止，没有什么人要比圣徒更虚伪的了。真理，必将出自“小丑”，也就是鄙人之口。不过，鄙人的真理是令人敬畏的，那是因为，所有迄今为止的谎言全被唤作真理了。重估一切价值，这便是鄙人——“小丑”治愈人类过激行为的药方——“回归自我”乃是至上的原则。于我，便是精神和血肉的见证。鄙人，注定要成为人间第一个体面的人，知晓自己务必站在千年“虚假”的对立面。鄙人，第一个发现了真理就是真理的天机。不！鄙人，第一个嗅出了谎言就是谎言的味道，鄙人的嗅觉，便是鄙人的天赋，站在虚假真理的对立面上，揭穿从来没有为人所揭穿过的“谎言”，传诵从来没有为人传诵过的喜讯，此乃鄙人之天运啊。此一番天降之大任，舍我其谁？非斯人，何足堪肩？鄙人出世了，喜讯传来了，指望便有了。于是，天数注定，鄙人必成为真理的代言人。

当真理步入同千年“谎言”的搏杀时，人们必然要感到强烈的震撼，如地球在抽搐、在痉挛一般，像峡谷和大山在移位、在迁徙一般，那，便是人类生来都没有做过的梦。到那时，政治，将全然成为一种精神的战争；所有以往社会的权力结构，都将被抛入历史的垃圾堆，躺在“谎言”的沙滩上安息。地球上，将会发生一场从未有过的战争，唯有在鄙人出现之后，地球上才会产生一个“宏大的”政治。

Ⅱ

假若命运的方舟，足以运载真正的伟人，何不寻而得之？鄙人的扎拉图斯拉，便会为你揭开这里的秘密。

假若要成为善恶的操控者，何不先做一个坚决的破坏者——破坏原有的价值观？

足见，大善与大恶同处一寓。然而，大善务必大扬之，大恶务必大抑之。

鄙人，乃史间最令人敬畏之人，然而，这并不意味着鄙人便是人间最慈善的人。我懂得，破坏足以带来快乐。在某种意义上，破坏越大，快乐越多。是破坏，是快乐？二者均依他狄俄尼索斯的天性而定。然而，这一天性却不便于区分“口是”和“行非”。鄙人，乃是首屈一指的非道德主义者，实至名归的破坏主义者。

Ⅲ

首屈一指的非道德主义者：君所名之曰扎拉图斯拉的大人物，其名其姓意味着什么？这里，本该问津者，却无人问津，于是鄙人便自问自答了：在善与恶的抗争中，乃是扎拉图斯拉第一个看到了事物发展的真实轨迹，并且将道德理念区分为动力、原因和自我消失三个范畴，纳入玄学的领域，这些便是扎拉图斯拉的贡献所在，同史间波斯人的最大特点是大相径庭的。其实，在这里，问题的本身便是问题的答案。正是扎拉图斯拉本人首先触动了道德理念的致命弱点，因此他必须首先认识到问题的严重性。而在这方面，扎拉图斯拉不仅具有比其他任何思想家更长、更多的经验——实际上整个人类历史，便是一个对所谓“世界道德秩序”命题的实验性反驳，更重要的是，扎拉图斯拉比历史上任何一个思想家，都更加接近真理。他的教义，也唯有他的教义，维持了真理的尊严，那是一个至高的德行。换言之，那是一个同懦弱的、逃避现实的“理想主义”截然相反的理念。即便将所有思想家的胆量叠加在一起，也比不了扎拉图斯拉的胆略。说老实话，或者不如直截了当地说，“理想主义”不过是波斯人的德行而已。鄙人说清楚了吗？试以扎拉图斯拉的真理观，对道德理念进行相反的自我克制，对道德主义者进行相反的自我抵御，使之向扎拉图斯拉贴近，向鄙人贴近——这，便是扎拉图斯拉其名其姓之真实意味所在了。

IV

实际上，所谓非道德主义者，是包含两层否定含义的。首先，鄙人否认那些迄今为止总被奉为高人、善人及慈善者一类的人。其次，鄙人还否认那些生来便被尊为贵人并且具有支配地位的人物，所谓道德的化身——颓废的道德主义者，倒不如直截了当地说，鄙人所否认的第二类，便是那些基督教卫道士一类的人。

这里的第二类人，可被拟定为主导阶层，他们往往对慈善价值的估计过高。而这些在鄙人看来，偏偏基本上都是颓废的根源、体弱的症结，都是同健康向上的生命水火不相容的东西：岂不知，否定和破坏乃是肯定和建设的一种存在方式，是一种极其合理状态？首先，对待那些善者，鄙人得用心理学的方式。而要辨别一个人是属于哪个类型的人，人们得先估计一下他的自身价值。而要知道他的自身价值，便又得了解他的生存方式。谁晓得善者们的生存方式原来是扯谎。换言之，无论如何他们的生存目的绝不是考察现实社会的基本构成。彻言之，不管何时，他们也没有唤醒过人们慈善的本性，乃至于不管在什么情况下，他们连一个虽无远见却够善意的“干预”也决不会允许。将悲情从普遍意义上看作“异议”，看作某种必须废除的东西，那便是“愚顽透顶”了。而从一般意义上讲，其后果无异于一场真实的灾难，一次愚昧的厄运，几乎同一个驱除阴天的拙劣意欲相差无几。或许，不是“可惜”，便是“可怜”了。在整个社会的总体结构中，对现实的恐惧（如在情感、情欲以及冲创意志方面）在很大程度上，都变成了比微薄的幸福（所谓“善行”）更为重要的生命必需品。因为后者（幸福）总是被本能的虚假所限制，即使为了获得少许的自由的空间，人们都得小心翼翼。假若需要展示一下人类历史盲目乐观之后果，就既无法估量，也不可思议，却又大有必要。首先，乐观主义同悲观主义一样是颓废的，或许还是更有害的。扎拉图斯拉说道：“善人是从不说真话的。”善人教给你的不是虚假的“保护”，便是虚假的“安全”。人们生来就被包围在善者的谎言中，一切都被善者的谎言彻底扭曲了。好在世界并不仅仅为了善者的需要而缔造，温存的动物还足以从夹缝中找到自己狭小的存身之处。而一旦到处都成了“善者”、受骗者、温存的动物及慈善人士乃至“美丽的灵魂”，或者，像赫伯特·斯宾塞所希望的利他主义者的世界，那便意味着伟大人格的丧失，美好人类的阉割。于是，人类的地位将会变得无足轻重。这些，便是基督教卫道士们意图达到的目的！准确地说，这便是卫道士们道德“真谛”之所在。正是在这个意义上，扎拉图斯拉将善者称为“灭亡之端倪”——“最后之人”。总之，在扎拉图斯拉的眼中，所谓“善者”，乃是人类最危险的族群，因为他们维护自己的存在是以牺牲社会的真理、人类的未来为代价。

“善者”是不会有什么新招的，他们永远是灭亡的端倪。“善者”将“主”钉上了十字架，“主”便将新的价值“钉”在了新的法案上。他们为了自己而牺牲未来，他们将人类的未来钉上了十字架！

“善者”，永远是灭亡的端倪……

无论世界的诽谤者们做过的伤害有多大，“善者”们所为的伤害，都是奇大无比的。

V

扎拉图斯拉，既然是“善者”的第一位心理医师，便必然是“恶者”的第一位知心朋友。堕落的族群要升格为最高的人群，必定要以其对立面——具有强大生命力和自信心的族群为牺牲代价。于是，温存的动物要发出其德行最辉煌、最灿烂的光芒时，那些异常的族群，便必得贬为“恶人”了。无论在何种意义上，只要“虚假”以“真理”的面目出现，“真实”便会从实际意义上肩负最坏的名声。对此，扎拉图斯拉坚信不疑：他说准确意义上的善识，即所谓“最好”的知识，使他对普通人群深感厌恶。也正是这种深恶痛绝的感触给他添上了“飞向遥远未来”的翅膀。他并不掩饰，正是在同“善者”人格相对立的意义上，他形成了自身超乎常人的秉性，即所谓“超人”的人格。而“善者”与所谓“正义”之士却将这个超凡之人——“超人”，唤作魔鬼……

你们是最“高大”的人，鄙人目所未及、眼所未见！然而，疑云却由此而生。我偷偷地笑了，因为，我猜到你们会将“超人”称为魔鬼的！

在“高大”面前，你们的灵魂是那样的不堪入目，总以为“超人”会在所谓的“善行”面前，深感汗颜。

果真想知道扎拉图斯拉的真实人格吗？其实也不难，他笔下的人，便是活生生的人——现实中的人。在现实中，他毫不示弱，不疏远现实，也不迷恋现实，因为他便是现实。大家怕的，扎拉图斯拉也会怕；大家疑惑的，扎拉图斯拉也会疑惑。唯有这样，人类才会伟大起来。

Ⅵ

不过，在另一个意义上，鄙人之所谓“非道德主义者”这一概念，还可以作为区别的标志乃至荣誉的象征。为有这样一个概念，鄙人甚感骄傲，因为它使鄙人远离了整个基督的泛爱与仁慈。没有人会觉得基督的说教是真实的。于是，便需要从一个史间绝无仅有的心理学高度和深度上考察问题。基督的道德说教，对迄今为止的思想家来说，恰似荷马史诗中的女魔一般，有着蛊惑人心的意味。而当损害人类思想的毒素像泉水一般涌来时，在鄙人之前，何曾有人深入过炮制毒素的洞穴——世界毒流的源头，寻根问底？

何曾有人以身存疑——猜想过毒素之洞穴、毒流之源头的真实存在？在鄙人之前，何曾有人成为哲学史上的心理学大师，又幸免于站在它的反面而堕落为“高级骗子”——理想主义者的命运？在鄙人之前，何曾有人见过真正的心理学说？于是，首当其冲者，便招来莫名的横祸，不由分说，这也是天命了。好在，鄙人也会第一个鄙视鄙视者的。自然，鄙视人家，必然给鄙人带来厄运。

VII

鄙人有讲明白吗？——鄙人，何以定格？何以区别于他人？唯有免戴了基督道德说教的面具而已。于是，鄙人便需要一个词语，这个词语或者说这个概念，足以炫耀鄙人对任何人都无以幸免的“火药”味儿。对于鄙人，不能尽快打开这个词语的慧眼，便无异于在人性纯洁的良心表面涂上了一层厚厚的污泥，无异于将自我欺骗蜕变成了本能，无异于要泯灭了考察每一个事件、考究每一个原因、尊重每一个现实之冲创意志的基因[1]，无异于一个心理学家在犯罪问题上造了假。对基督教徒的道德说教视而不见，乃是不折不扣的犯罪——对生命的犯罪。在千年的历史上，在民族的兴亡中，最先和最后之间，哲学家和老夫人之间，如果仅仅区分了“五”到“六”个历史的瞬间，鄙人便要理所当然地坐在那第七个瞬间的席位上。所以，从这一点上看，人们相差无几。基督教徒，是迄今为止的“道德人”，是无以伦比的“奇怪人”。然而，无论是作为“道德人”还是“奇怪人”，他们荒唐、虚假、空虚、轻浮，因为他们连自己都要伤害——这一点，甚至连史间最大的骗子都得在梦中才足以做到。基督的道德说教，乃是“扯谎意志”[2]最恶毒的表现形式，乃是人类生命中不折不扣的喀耳刻女巫。因为它，人类便会走向灭亡。至此，令人震惊的不是贻误本身，也不是整个精神领域“善意”“修行”“体面”和“勇气”的千年匮乏，致使它们背叛了自身的价值，而是天性的缺失，准确地说，是天性的扭曲，致使人

---

1. 这里，依据上下文将“fundamental will”译为“冲创意志的基因”，可参考前文第 11 页注释 2。——译者注
2. 同上文的“冲创意志”（the will to the power）相对，这里将“the will to the lie”译为“扯谎意志”，以构成一对相反相成的汉译概念，因为在尼采那里二者本来就是一对因对立而存在的哲学概念；另外参见前文第 11 页注释 2。——译者注

们将基督的教义奉为最高义理，并且以法律的方式凌驾于社会，迫使人们无条件地履行基督教的诫命，这无疑是一个可怕的事实！既然如此，大错所殃及的便不仅仅是某一个人，某一个民族，而是整个人类了！蔑视别人原本是生命的本能；“灵魂”与“精神”原本是毁坏肌体的元素；生命的某些先天状态原本是污秽的，比如性行为；甚至在那些为成功所做的基本努力中，也能找出个龌龊的本源来，说什么那都是不折不扣的利己主义。须知，“利己主义”这个概念的本身便有诋毁中伤的意味！另一方面，我们还可以通过那些诋毁和违背天性的概念符号看出问题，譬如什么“无私”“失重”“去个性”及“爱朋友”（交朋友的欲望），还有什么“高价值”和“价值的价值”之类，哟！这里都说了些什么呀？不对！莫非是人类自己要走向衰微？总得这样吗？不对！他们总是将颓废的东西奉为至上的法宝。这一点，难道有错？所谓无私的道德说教，其实是不折不扣的价值贬值，譬如，将陈述句“我要死去”转换为祈使句“你们去死吧”，其实说教者的语气又何止于“祈使”而已！这，难道不是事实？这便是史间所兜售的道德逻辑，“唯一”的逻辑，所谓“无私”的道德义理压根儿就违背了生命的意志，摧残了生命的根基。是，谓之

“泯灭意志”[1]也。

——话头儿暂且搁在这里，这里不妨设定不是人类在退化，而是那些人类的寄生虫——神父、牧师及教徒们，借助于道德理念的威力，将他们自己提升为决定人类命运的群体——在基督教的道德理念中，他们凭着直觉神化了自己的权力。于是，鄙人的顿悟便由此而生了：人类的教导者们、领导者们，还包括那些神学研究者们，你们个个都是颓废的人。因此，务必对有碍于人类生命的一切价值（观）进行重新估定，对所有道德理念进行确切定义。道德理念，是颓废者们特有的癖性，其中隐藏着他们向人类生命复仇的阴谋，而且，隐藏得非常之巧妙。对于这一定义，鄙人非认真对待不可。

VIII

鄙人有讲明白吗？此前，并没有借扎拉图斯拉之口，说出五年前尚不得脱口而出的那句话。揭去基督道德理念的假面具，乃是一件绝不会有平静结局的

1. 依据行文的逻辑，先有“冲创意志”，后有“扯谎意志”，故将这里的“a will to the end”再译为“泯灭意志”，相为呼应。——译者注

事件，甚至会酿成一场空前的大灾难。谁揭开这个秘密，谁便是一支不可忽视的力量，谁便会像命运之神一般，主宰命运的沉浮，并由此，将人类历史一分为二。有人要生活在他之前，有人必生活在他之后。那是一次真理的电闪雷鸣，不偏不倚，撞击着基督立足的制高点。谁抓住了为之击毁的目标，谁便会清楚地看到握在手中的真谛。此刻，史间一贯被呼之为“真理”的东西，在一瞬间将被认定为最有害、最恶毒、最秘密的谎言。原来，“促进”人类的发展，不过是一个冠以“神圣”二字的托词，目的又无非是为了巧妙地吮吸生命本身，使之贫血化而已——基督的道德理念不过是叫人们去相信吸血鬼的那些把戏罢了。谁揭穿了道德理念的假面具，谁便同时揭开了所有价值观念的遮羞布；谁不再敬畏那些所谓最可尊敬，乃至已被宣告为圣徒一类的人，谁便会发现他们的致命伤——致命，乃是因为他们在玩弄把戏。“上帝”的问世，从一开始便构成了生命的对立面——一切都是有害的、有毒的、造谣中伤的，整个世间的敌意全冲着生命而来，从而构成了一个可怕的统一体！“此岸世界”和“彼岸世界”的割分，从一开始便剥夺了“唯有世界”[1]的真实价值，最终免除了人间真实生活的目标、理由和功课！“灵魂”“精神”，乃至“不死的灵魂”，从一开始便忽略了躯体的价值，从而使之独具“神圣”而不得健康。于是，生命中所有的事情都得严肃地对待，唯独养分、居所、整洁乃至气候，偏偏成了无足轻重之事！不是使之健康，而是救其“灵魂”，岂不构成了一个不断谢罪同耶稣救赎之间的无限循环！“罪孽”连同惩罚罪孽的手段——“严刑”，乃至“自由意志”的创造，其目的无非是将它们同人类的天性相混淆，从而将对天性的怀疑变成人类的第二天性！在“忘我”和“非我”的概念中，其颓废的实际象征性在于：迫于有害事物之引诱，而无以发现自身优势之所在。而“毁我”的实际象征性则在于：使症结的意义一般化，从而使“责任”“神圣”和“牧师”的概念深入化！最终，最可怕的是，在“善者”的概念里，一切公共的事业都变得脆弱、病态、建构不良，一切都因自我而遭罪，一切都因自我而灭亡。选举法被取消，一个同荣耀和高贵相对立、同拥护者相对立、同相信未来和保护未来的人相对立的思想被唾弃，之后，后者便被呼作罪人。所有这一切，便是

1. 将“the only world”译为“唯有世界”，以区别于基督世界的“此岸世界”与“彼岸世界”，从而凸显尼采的真实世界观。——译者注

为人所信的基督道德理念之所为！

——无耻！见鬼去吧！

Ⅸ

鄙人有讲明白吗？一个同十字架水火不相容的狄俄尼索斯信徒……

偶像的黄昏

——怎样用锤子从事哲学

↠ 箴言，足以抒怀

1. 心理学起步于无所事事。

什么是心理学？——一种恶习？

2. 勇者未必勇于其所知。

3. 遁世者，不为畜牲，必为上帝——亚里士多德如是说。不过，也有例外，那便是：既为畜牲，又为上帝——一位哲人补充道。

4. “是真理，皆朴素”——莫非是谎言不成？

5. 够了，烦死人了——智慧，绝非卖弄之所及也。

6. 听其“自然”——身，便不“紧张”；心，则会自由。

7. 告诉我——那到底是：上帝造就人类之误，还是人类崇信上帝之错？

8. 在生命的战场上驰骋——不被枪杀，便会强大。

9. 自助者，人助之——基督慈善者之原则。

10. 行动起来吧；勇敢地！不要见死不救！——事后忏悔，无济于事！

11. 驴子尚堪悲哀乎？为包袱所压，不可忍受，亦不可摆脱？哲人的困境。

12. 知道了活着的理由，何必在乎活着的方式？人，何必为福分所累？不过，对于英吉利人，则另当别论了。

13. 男人造就了女人——所用何物？上帝的肋骨，上帝的"理想"……

14. 汝，追寻什么，十倍于汝，百倍于汝，鲜花于汝？岂不水中捞月，一场空也！

15. 生不逢时者，不如时髦之士为人所信；然则，为人所闻者，多不胜数矣！鄙人，便是了。准而言之：鄙人一方，不求人知。此，为官者尚不例外。

16. 女流之际，可有"真理"？哟，她们并不晓得真理，对吧？这样说，还不至于造成彼此廉耻之心的伤害吧？

17. 艺术家便是艺术家，其要求总是低微的，其奢望总是简单的：面包与艺术，生计与追寻……

18. 不善养意志者，必善找借口——意志是不养自成的（“信仰”的原则）。

19. 奇怪！有德行和博大襟怀的人，眼睛偏偏盯上了老百姓度日的那点儿优越性。这些人到底要做什么？有“德行”，弃“实惠”（反犹太主义者的家门上都这么写）。

20.一个十足的女人糟蹋学问，便像踩死了一只脚下的蚂蚁一般若无其事。试想，她像在做什么试探一般小心翼翼，东张张，西望望，瞧瞧有什么人在“回眸”，如此便引起人家的再“回眸”。

21. 虚幻的德行，在以下的情形下是吃不开的：一个在钢丝上走路的人，要么走稳了，要么便会掉下来，要么还得跳下来。

22. “不法分子无遁词”——怎么俄罗斯人偏偏尽废话？

23. “德意志的智慧”：熬过十八年，干戈化玉帛。

24. 寻找初始者的踪迹，常常得学着螃蟹横向而行；寻找历史的轨迹，偏偏得学会逆流而上。于是，一位历史学家，往往是一个宁信前贤，不信后秀的人。

25. 据说，惬意的感觉足以抵御流感的袭击。谁见过一位穿着时髦的女人得了感冒症？！其实，女人几乎是不必装扮的。

26. 对于主张条理化者，鄙人一概表示怀疑，并敬而远之。因为，接近条理化，必然疏远综合化。

27. 女流多“深沉”——何以见得？谁都很难摸清她们的“底”。其实，不如说女流从来不肤浅便是了。

28.一个阳刚气十足的女人，你要远离她；一位阴柔气饱满的女子，她会撇开你。

29. “良心之前咬你咬得多么重啊！真这样的，是好牙吗？今天，又是哪里不舒服？”——牙科大夫如是说。

30. 鲁莽而轻率之举，少有一而止者也。何？首举，损多而益少，不安。故，举其二，随乃慎而为之者也。

31. 遭遇践踏之际，蠕虫便会卷起身来。此，精明之举也，足以减少为人蹂躏之几率。依伦理学之术语而言：乃“谦卑”者也。

32. 对谎言和伪装的憎恶源自强烈的荣辱观。该憎恶亦源于卑怯，诚如谎言为圣训所不容。故，既为懦夫，岂可扯谎？

33. 幸福的代价太低了，不过一个风笛的价值而已。没有音乐的生活是悲哀的，不过，德意志人则会把上帝的声音当作音乐的。

34. 虚无主义是不让“人们思考和写作”（G. 弗劳伯特），因为那是没有意义的。鄙人，终于了解了你，虚无主义的同胞！刻苦、勤奋，乃至兢兢业业，都是对神圣精神的冒犯，唯有那马路边的逛游中得来的主意才是最有价值的。

35. 心理学家们，常常像马匹一般焦虑不安而难以驾驭，看着自己的影子在面前晃动。谁晓得，他们得离开原本固定的位置，便可以欣赏到更为广阔的景象。

36. 非道德主义者，在多大程度上伤害了所谓的德行？哪知道远不如无政府主义者伤害了所谓的王权。一旦他们王冠的权威受到了冲击，他们一定会加固自己王权的宝座。所谓的德行，必须受到冲击。

37. 你，又要走啦？这回，该像牧人一般了？难道是偶然间，就这一回了？不过，要是第三回的话，你还可以像逃兵一般。良心第一问。

38. 你是在玩真的？还是在演戏？是代替别人？还是被别人代替？噢，原来你不过是在模仿演戏而已。良心第二问。

39. 鄙人，寻找过伟人的踪迹，不过，除了其理想的光环以外，便一无所获了。——失落者如是说。

40. 你是要旁观，还是要介入，还是要离开远观？良心第三问。

41. 是留下来彼此相伴，还是继续前行，还是选择独行？一个人，必须明白自己要做什么、自己在做什么。良心第四问。

42. 于我，这些不过是台阶而已。攀上台阶，只是要越过台阶。奇怪的是，有人总以为鄙人要定居在台阶之上。

43. 证明你对了，又能怎么样！鄙人的问题是，对的次数太多了。现在，你笑得最好；最后，你还得笑得最好。

44. 鄙人，幸福的妙诀——是也，非也，一条直线、一个目标。

➳ 贻误，独有四遭

I

首误者，乃原因结果之错位也。没有什么贻误比将原因同结果相混淆更危险的了。鄙人将它看作颓废的内在原因所在。而且，从古至今，它都足以称得上是最古老而又最年轻的习惯性贻误了。因为，在人们的心中它已经被正当化，乃至于被奉若神明，名之曰“宗教”，名之曰“道德”。每一条宗教和道德的教义中都包含着这些内容，神父及其道德条律的制定者们都是颓废的炮制者。这里，试举一例，以便说明这个道理。众所周知，在《科尔纳罗节食主义》一书中，作者将其“瘦身食谱”作为长寿和幸福的秘诀推销给读者，而且，是作为最有效力的道德处方兜售给读者。很少有什么书会流传如此之广泛。即便在今天，在英格兰每年都有成千上万册的《瘦身食谱》付梓印刷。鄙人从不怀疑除了《圣经》以外，没有任何书的危害会比《瘦身食谱》更大，缩短寿命的几率会比《瘦身食谱》更多。这是奇迹，名副其实的奇迹，其伪装是何等的巧妙，以至于无人可以察觉。究其理论原因之所在，无非是将结果误以为是原因罢了。聪明的意大利人从其食谱中悟出了“长寿”的秘诀:要“长寿”者，必备一个迟缓的新陈代谢系统；要“长寿”者，必具一个偖小的消化能量——此便是《瘦身食谱》的先决条件。吃多，吃少，不由食者自己决定；省食，节约，也不是食者自己的“意愿”。因为，多吃了，食者便会得病。相反，如果食者没能成为那种骨瘦如柴的人，就还得继续按部就班地依食谱用膳。于是，一个我们这个时代的学者，如果需要大量的智能消耗，他便只能成为科尔纳罗主义摄生法的牺牲品了。

这便是科尔纳罗节食主义的信条。

Ⅱ

各种宗教及其教义最普遍的布道方式是："做……，如此这般；忍……，如此这般，你便会幸福！否则……如此这般……"每一种教义，每一种宗教都是必须履行的责任。鄙人将此唤作原罪恶的起因——不朽的荒唐，莫名的失常。谁晓得，这种布道的方式已经走向了它的反面，成为鄙人"重估一切价值"的第一个案例。一个神志清楚的人，一个"幸福的人"，必定做出某种行为，而对其他行为又必定做出某种本能的回避，同时将这种生理感受的过程传递给与他相关的人和事。在这一过程中，他的德行便是他幸福的结果。长寿和多子多孙并不是对德行的奖赏，因为德行本身意味着新陈代谢的降低，而新陈代谢的降低也会长寿，也能多子多孙。简言之，这便是科尔纳罗节食主义的结果。教会及其教义都认为："罪孽和奢华足以使一个种族、一个民族灭亡。"鄙人的回答则是：从生理学的意义上讲，当一个民族走向退化、濒临灭亡时，罪孽和奢华便油然而生了。换言之，一旦一个民族有对奢侈物的需求越来越强、越来越大的时候，其心灵便会感到极度的疲劳。而一个年轻人，则会过早地憔悴和衰老。于是，他的朋友们便会说，那都是某种疾病所致。可是，鄙人认为：一个人得了病而无力抵抗，乃是他生命枯竭和遗传性疲劳的表现。有报纸读者说，如果总是这样的阴差阳错，这个群体便会毁灭自身。一位高级政治人士则会说，一个经常阴差阳错的群体实际上已经结束了自己的生命，因为，就其本能而言，这个群体已经不再安逸。每一个贻误，不管是什么样的贻误，都是本能退化的结果。都是意志退化的结果。因此，人们需要从德行上给“坏事”（贻误）下一个定义。每一件善事都是生性如此，因而也是轻松的，必要的，自由的。而每一次尝试，则都是有缺陷的，上帝同勇士不同，要特别地加以区分（用鄙人的话说便是：脚轻，乃上帝之重要属性也）。

Ⅲ

二误者，乃因果关系之不实也。

人们总以为自己是知道事情原委的，然而，人们的知识从何而来？准确地讲，人们为什么要相信自己所拥有的知识呢？是从宗教王国的“灵光”里来的吗？迄今为止的事实，尚不足以证明这些都是真的。在意愿行为中，人们总以为自己是事物的动因，至少会以为自己是在这一过程中捕捉事物的因果关系。于是，人们从不怀疑意识活动便是在寻找所有行为的“前提”，也就是原因。而且，只要人们寻找它们，人们便会发现它们，即行为的动机。因为，一旦离开了动机，人们便不能自由行为，自然也便谈不上为行为负责了。既然如此，谁还会争辩思想是由什么引起的呢？谁还会怀疑思想便是“自己”产生的命题呢？在以上三个直接同因果关系相连的“内因”中，最重要且最富说服力的原因便是意志。作为原因的意识（思维）和作为原因的自我（主体），不过是因果关系中作为经验主义，在意志的基础上建立起来的一个已知事实所产生的附属概念而已。之后，人们便可以较好地思考了。如今，人们绝不轻信只言片语。因为，“内部世界”充满了不确定的因素和不可靠的线索：意志便是其中之一。意志不会激活什么，因而便不再说明什么。意志只是事件的伴随物而已，因而便可以忽略不计。而所谓“动机”，其实又是一个误会。因为它不过是意识的一个表面现象，行为的一个伴随物罢了，与其说它揭示了行为的“前提”，不如说它隐蔽了行为的“前提”，这样更准确一些。至于“自我主义”，则完全是一个无稽之谈，一个虚构的概念，一个文字游戏罢了。正是它全然窒息了思维、感觉和意志！之后，还会发生什么呢？其实，从来就没有什么精神的理由！让一切支撑精神理由的所谓经验主义见鬼去吧！这便是随后发生的事！人们巧妙地滥用了“经验主义”，而正是在经验主义的基础上，人们创设了一个新的世界——一个理由的世界，一个意志的世界，一个精神的世界。还好，一个最为古老而长寿的心理学在这里发生了作用。的确，它并不神秘，对于它，每一个事件都是一个行为，每一个行为都是一个意志的反映。于是，整个世界便构成了一个多元的动因复合体，一个附着在每一个事件上的动因（“主体”）复合物。人们在其自身之外，设计了三个“内因”——“意志”“精神”和“自我”，并且对其深信不疑。同时，还由“自我”的概念中导出“存在”的概念来，并且根据自己的形象假定“物”便是人们所拥有的东西，根据“自我”的概念假定“物”便是引发事件的原因。难怪，后来人们从“物”中所发现的总是他们原来置入的东西！需要重申的是：“物”本身，或者“物”这个概念不过是作为“自我”信念对原因的反映而已。机械论者、物理学家，先生们，你们可曾晓得：即便是你们的原子论学说，依然存在不少疑问，依然包含了不少基本的心理学问题！这里姑且不论“具体”怎么样了，难道你们不会“脸红”，不会“惊诧”吗？尊敬的玄学家们，将精神领域的贻误，当作事物发生的理由，从而加以实地应用，并以此来度量现实！这，便是人们奉之为“上帝”的精神境界了！

Ⅳ

三误者，乃事物原因之虚构也。

这里，就从一个梦中的故事说起吧，比如在某种意义上，一个远程炮弹的射程，总会被顺理成章地误计为发射炮弹的原因所在。其实，准确地说，在这个滑稽的故事中，其主人公不过是做梦者一人而已，颇有点耸人听闻的味道。不仅如此，这种“感受”还会被当作一种共鸣而继续流传。一般都是维持现状，一旦有了机会，这种“虚构原因”便会自动占据突出的地位。于是，这便不再是一个偶然的事件，而是一个必须追究“意味”的问题了。炮弹的射入是有原因的，又是逆时序而展开的，这是显而易见的。然而，动机作为后来的东西却被首先经历了，而且常常像电闪雷鸣一般被数以百计的细节所掩盖，随之炮弹才射入的。究竟发生了什么？概念被误解了，由某种状态所引起的结果，被人们以引起这种状态的原因而接受。其实，人们完全可以在梦醒之后，试做同一件事情。这样，人们就会发现，在这一过程中，大多数人的一般感觉都是抑制、压迫、紧张和突然，人们的器官，特别是神经系统便会做出相应的反应，从而激活体内虚构原因的心理机制。在这一过程中，人们总想知道引起各种感觉的原因——为什么会感觉良好，又为什么会感觉不好？然而，仅仅知道人们在感觉这个事实，还是很不够，人们还得接受这个事实。因为，只有人们带着某种动机完成了这一事件，才能意识到这个事实。在这种情况下，记忆会在人们并没有意识到的情况下，回忆起先前的同类情形，并且将这种状态所产生的结果翻译成“原因”，而不是因果关系。毫无疑问，认为这些观念（即在意识中所伴随发生的观念），都是原因的观点，也是由记忆所唤醒的东西。因此，将某种状态产生的结果解读为“原因”的情形，便形成了定势，乃至于从事实上阻碍或者阻止了人们探知事物真正原因的通路。

V

关于原因虚构的心理学诠释。

从未知，追溯已知，乃是一种消解痛楚、抚慰心灵，从而使人的欲念得以满足的心理过程。而且，这一过程还足以给人充实的感觉。危险、骚扰和焦虑伴随未知——第一天性之功用在驱除这些消极的情绪。于是，这里的第一原则便是：有所解释总比无所解释好。因为，实际上，这是一个如何摆脱无以忍受之观念的问题。而为了摆脱这些观念，人们并不十分在乎用什么手段。第一种观点认为，其实，未知就是已知，只是因为该观点对他们有太多的好处，所以人们将其奉为“真理”而已。快乐和效力，乃是一个真理的准则。可见，虚构原因的心理机制便是靠可怕的感觉来维持并激活的。其实“为什么”这个问题，并不为自身之故去阐解缘由，倒是围绕着抚慰心灵、释放积怨、舒缓压力的原因。一切已知的、已经历的和贮存在记忆之中的事物都被设定为原因，这便是需要的第一个结果。而一切新的、未经历的、奇怪的东西又都被排除在原因之外。于是，就不仅需要对原因进行解释，对精选或优选类型进行解释，而且还需要对以最快速度和最高频率将新的、未经历的、奇怪的感觉排除在外的过程进行解释，这些便是最普通的解释类型了。而进行这些解释的结果则会导致一种特殊的原因归属型解释越来越占优势，并且集中于一个系统之中，从而最终支配其他类型的解释。换言之，原因归属型解释便会直接将其他原因及其解释类型全都排除在外。

一位银行家，最先想到的一定是他的生意；一个基督徒，最先想到的一定是他的罪孽；而一位美女，最先想到的一定是她的爱情。

Ⅵ

整个道德和宗教的王国都应该归属于原因虚构的范畴之内。

关于心理"不悦"感的阐释。

"不悦"或者"不快"的感觉可能来自他人对我们的敌意（或者邪念——最富有宗教意味的情形，常被误以为是女巫歇斯底里的发作）。这种感觉，也可能来自我们无以证明的行为（譬如"罪孽"感、由于生理不适而引起的"自责"感，因为人们总会为自己不如意的事情找个理由)。这种感觉,可能来自惩罚,来自“报应”,人们本不应该欠的债、本不应该还的情(在叔本华的概括中这些都是厚颜无耻的东西,其哲学命题是它反映了基督道德的真实面目,是对生命的亵渎与中伤。“每一次剧痛——无论是生理的还是心理的,都是人们理应承受的。因为若非如此,它便不会问津于人。”《意志与理想的世界》第二部分第666页)。这种感觉,还可能由草率的、拙劣的行为所诱发(被设定为“原因”而“应该责备”的情绪、情感和意识,被解读为由心理上理应承受的忧伤所引起生理痛苦)。关于心理“愉悦”感的阐释。这种感觉,可能来自对上帝的信任;这种感觉,可能来自对善行的意识(有时,就连一个诸如良好消化一类的生理状态,也会被误以为是所谓的“良心”);这种感觉,可能来自成功的喜悦(一个天真的谬论——在自疑病或者帕斯卡症的状态下,即便成功了也绝不会带来什么愉快的感觉);这种感觉,还可能来自信任、希望和基督教徒之间的兄弟之爱——所谓基督之德行。实际上,所有这些预设性的阐释都是从结果上考虑问题的,而且似乎将“愉悦”感和“不悦”感全都解读为某种虚伪的“方言”。人之所以处于希望的状态,乃是因为作为其生理基本的感觉是强悍的、充裕的；人之所以相信上帝，乃是因为丰富而强悍的感觉足以使之平静下来。足见，道德与宗教完全陷入了错误的心理学阐释之中。在每一种具体的情形下，它们把原因错误地当成了结果，或者将这个信以为真的结果错误地当成了真理，或者将某种意识下的状态错误地当成了这一状态的因果关系。

VII

四误者，乃自由意志之失也。

如今，无论在什么意义上，人们都已经不再赞同“自由意志”的观念了，因为“自由意志”意味着什么，人们是非常清楚的。神学之士们，在其所有的手段中最声名狼藉的一点，不过是为了使人类在神学的意义上负有他们自己的责任和义务罢了。换言之，不过是为了使人类紧紧地依附于“神”的威力而已。于是，鄙人的责任便在于对此作一个心理学的解读。

世上充满着对责任和义务的拷问。如果考察一下一个人处在某种状态下的意志、意图及其责任和义务行为的话，便足以察觉其天真无邪的本性已然被剥夺殆尽。其实，“意志”教义所创设的基本目的原本便是为了惩罚人们。换言之，原本便是为了让人们找到负罪的感觉。整个旧日的心理学——关于意志的心理学，都是以作者及处于社会上层之牧师们的主观期望为出发点的，以便为他们自己设定了颁布惩罚条例的权力，甚至还期望同时再为上帝设定一个颁布惩罚条例的权力。在这些条例中，人被认为是“自由的”，这是为了让他们找到负罪的感觉。于是，每一个行为都被认为是自愿的。换言之，每一个行为都是发自个体自我意识的。就这样，心理学中最虚伪的东西竟变成了最基本的东西，从而编入了心理学的每一条原则。如今，当人们从相反的立场上审度问题的时候，特别是当我们非道德主义者竭尽全力，以便从地球上驱除伏罪和惩罚的理念，从而净化心理学、史学、人性，乃至社会诸部门及其法令条款环境时，扑入我们视野的依然是神学之士们的激进主张。这些主张，依然无从与世俗的观念同日而语，依然在利用道德秩序的理念，通过“惩罚”和“伏罪’的手段，浸染着人类天真无邪的心灵。

足见，基督教之品性不过是刽子手们独有的形而上学罢了。

VIII

那么，我们的学说又该是什么呢？

从来便没有什么救世主足以改变人类的禀性，上帝不会，社会不会，父母不会，祖上不会，人类自己也不会（康德提出过一个最终为人们所拒绝的荒谬概念，叫做“概念自由”。在康德之前，或许柏拉图也曾涉及过这一概念）。没有人可以对自身的存在、自身的模样、或者其所生存的环境，负有什么责任和义务之类的事情。决定人类天性的东西是很难同决定其阅历和命运的东西分得清楚的。人类的命运，不是靠一个特殊的设计、意愿、企图便可以决定的；人类的问题，也不是靠实现几个“人之典范”“福之样板”乃至“德之化身”便足以解决的。足见，企图给人类的天性设定某种人为的“目标”之类的东西，乃是一种荒唐的做法。这里，之所以借用“目标”这个概念是因为，在现实中是没有什么目标的。“一”是必要的，“一”是未来的一部分，“一”属于整体，“一”在整体之中，从来就没有什么能够判断、测度、比喻，乃至惩罚我们人格的。因为，那样会导致人类整体为之所判断、揣度、比喻，乃至惩罚。离开了人类整体，一切都将不复存在！于是，谁都不再负有责任和义务，而所谓人格的表现也将无以追溯其恰当的原因，作为整体的世界便既不是感觉的中枢，也不再有“精神”的问题，唯此，方是伟大的革命；唯此，才足以恢复人性之清白与无辜。足见，“上帝”才是迄今为止人类生存的最大障碍。我们否认上帝，而在否认上帝的同时，便否认了上帝赋予人类的责任和义务。唯此，方足以救赎世界的未来。

➛ 铁锤，为我代言！

“何以如此之坚硬？”木炭曾对钻石说，“莫非是因为彼此尚不够亲近？”

“何以如此之软弱？”哟，我的兄弟们，我这里还得问问你们呢，“莫非是因为彼此尚不是兄弟？”

何以如此之软弱？无以抵抗，还是卑躬屈节？何必抑郁，何必克制？莫非命运之前景，如此之渺茫？

如果你不是命运之神，如果你不够百折不挠，你，何以同鄙人分享胜利之喜悦？

如果你的“坚硬”不足以击败对手，而是被对手击得溃不成军，有一天，你又何以同鄙人一起，再造那崭新的世界？

如果所有的创造都是“坚硬”的。那么何不将你的手紧贴在千年祈福的祭坛上？恰似紧贴在平日里祈福的烛台前。那种感觉，一定是幸福的。

将你千年至福的意愿记下来，恰似记录在金属制成的模板上，比金属要“坚硬”，比金属要高贵，因为最高贵的，乃是最“坚硬”的。

这，便是新制的法台，我一定要将它递给您。哟，我的兄弟们，“坚硬”起来吧！